# LE SOUFFLE DU SANG

Notre catalogue sur **www.unautrereg-art.com**

Direction éditoriale : Jérôme Poitte
Composition : Com'Unimage
Relecture : Vincent Gary
Photographie de couverture : © Stéphane Gez.


ISBN : 979-10-90894-82-2 – 1re édition

Martine GOBBI

# LE SOUFFLE DU SANG

Un Autre Reg'Art

*Les cancers naissent dans les champs de blé. C'est pour ça qu'il n'y a plus de coquelicots. Cela fait des trous dans les fenêtres et des courants d'air dans les veines.*

Merci à tout le personnel de l'Oncopole de Toulouse, à l'association AGMOMP*, à ma tribu du Rouergue et du Lévézou, à mes amis et famille éparpillés du Nord au Sud.





*À mes enfants, mon mari*

* Association des Greffés de Moelle Osseuse de Midi-Pyrénées.

# Préface

7 marches pour monter à la maison des Trembles, 7 pas pour marcher dans le couloir, 7 pas pour accéder au jardin fleuri en toute saison, 7 enfants, 7 petits-enfants au début, 14 puis 24... Au début on compte, après on compte mais juste pour remplir l'espace.

Un monde à part, unique sans doute, comme toutes les familles nombreuses de cette époque de l'après-guerre.

Je garde un goût suave et doux de cette tribu du Rouergue, entre Viaur et Aveyron. Ce sont mes racines maternelles.

Du haut de ma chambre, au 7e, je cours vers les Trembles plusieurs fois par jour pour échapper à la nausée.

Le mur jauni en face de mon lit est tapissé de vieilles photos de mon enfance, que mes cousines m'ont apportées.

Mes racines paternelles sont accrochées au Lévézou. Trois enfants dont mon père, et une flopée de cousins malicieux et beaux.

Je m'accroche à elles. Tenaces, elles s'enfoncent dans ces terres tantôt rocailleuses, tantôt tendres et brunes, toujours vives, violentes, tortueuses... semblables à ma tête où les questions s'entremêlent autour d'une vie si fragile.

Je compte le nombre de pas que je fais pour aller au fauteuil, les minutes qui passent lentement, les jours à vivre.

Et j'ai peur.

Je descends les 7 marches du perron. Aux Trembles. Ça doit être l'automne car je porte une jupe plissée en velours foncé et un gros gilet blanc en mohair, un de ceux qui piquent et qui me donnent l'air un peu gauche. Je dois avoir 2 ans. Tatie Do me retient et m'aide à franchir la dernière marche. Elle sourit, moi aussi car j'ai droit à tenir un bâton et que j'ai de nouvelles chaussures noires vernies.

– On va voir Toutou ?

– Oui.

Toutou c'est le chien bâtard de la ferme, il a l'air d'un renard en plus grand, il sent le fumier et l'herbe des prés. Et il est très gentil. Souvent je m'asso s sur son dos, le couvre de vieux tissus. Il ne bouge pas. Il se tient exactement à 2 mètres du parterre de fleurs de Mémé Maria, en haut de la cour. De là, il surveille l'étable, prêt à répondre au coup de sifflet de Pépé Henri, quand il sort le troupeau. Si c'est Mémé qui jette quelques os par la fenêtre de l'évier, il se lève tranquillement et va récupérer les restes.

C'est un chien tranquille.

À l'image de cette ferme perdue au bout d'un chemin. 7 kilomètres du village le plus proche, 7 kilomètres de la Capelle-Viaur, 2 kilomètres du hameau de la Vidalie.

Quand tout va bien, je suis toute seule avec Tatie Do, au pied de l'escalier, il ne se passe rien et c'est bien comme ça. Un monde bien en place, avec les bruits du vent dans les peupliers, les piaillements des pintades dans la cour, le frottement des bêtes contre la mangeoire et le cliquetis des couverts, plus haut dans l'arrière-cuisine, là où Mémé Maria s'affaire pour nous préparer le repas de midi.

J'ai toujours le même air maladroit, je plisse un peu les yeux quand il y a trop de clarté. Toujours un peu triste mais ce n'est qu'un air et puis ça dépend...

Entre deux fenêtres sur le monde, mon regard hésite. C'est octobre 2012. Sur mon écran virtuel, Bruce Springsteen exhibe ses bras de bûcheron devant une foule en extase. Sans doute ne le verrai-je jamais en vrai. Je n'ai pas encore pris la peine de traduire ses textes, et pourtant ils me racontent des histoires qui me touchent, des nostalgies de rivières, de villes qui s'assombrissent en automne, de cris déchirants au son d'harmonica, de pluies légères.



Derrière la fenêtre, celle qui donne sur le jardin potager il y a le lilas sans fleurs, juste quelques feuilles qui brillent encore sous le doux soleil. Allongée sur le canapé du salon je planifie ma journée.

1. Déjeuner en écoutant les infos.
2. Faire un peu de rangement.
3. Aller faire ma toilette.
4. M'habiller.
5. Revenir sur le canapé.
6. Mettre le CD du Boss en boucle.
7. Et attendre midi.

Cette année scolaire démarre étrangement. Je n'ai plus la force d'aller au travail, une fièvre tenace m'oblige à rester à la maison. J'ai des douleurs étranges dans les os. Seule, je fais l'expérience de l'inconnu.

Avant, j'aimais bien ces heures de solitude. Je savais que le soir mes enfants allaient rentrer et remplir le volume des pièces avec le bruit de l'eau dans la douche, du séchoir à cheveux, du bavardage incessant de Lena me racontant ses heures de cours, ses histoires de filles... Aujourd'hui, ils sont à Toulouse, pas loin mais c'est le bout du monde. Alors je les appelle tous les jours et les assaille de questions.

Je n'ai plus 7 marches à monter pour aller me réfugier dans la cuisine de Mémé Maria. Mais je sens encore les odeurs de lait, de volailles qui mijotent au coin de la cuisinière. Quelques miettes de pain tracent un sillon au milieu de la nappe à carreaux. Depuis quelques jours je repense à tout ça.

Peut-être que je m'ennuie.

J'ai 6 ans.

On est tous autour de la grande table. Une dizaine de grands et de petits. Pépé en bout de table près de la porte, Mémé, à l'opposé, non loin de la cuisinière. On mange la soupe à la ventrèche pommes de terre et carottes. Il fait bon.

C'est pour ça que j'ai voulu une grande table de ferme, comme avant, pour faire « ambiance campagne », chez moi. J'ai essayé de copier Mémé Maria pour les massifs d'arbustes et de fleurs, et tous les ans je bêche quelques mètres carrés de potager avec l'espoir de récolter des légumes aussi bons qu'aux Trembles. Malgré tous mes efforts, mon îlot ne ressemblera jamais à celui de mon enfance. La maison n'est pas en pierres dorées, elle est sans escalier, sans poutres et sans grenier. Elle est ouverte aux courants d'air pour les odeurs d'herbes fraîches, pour le vent.

Pour les chats.

Le soir, quand je rentre du lycée, ils viennent se frotter contre mes jambes. Comme il n'y a pas de lumière, souvent je les bouscule un peu. Ils vont finir par me faire tomber ces deux là. C'est donc à tâtons que tous les soirs de la mauvaise saison, j'essaie de les éviter et que je cherche la bonne clé pour ouvrir la porte.

- *C'est quand que tu m'installes de la lumière ?*
- *Y en a une*
- *Oui mais elle ne se déclenche pas*
- *Si on habitait en ville tu aurais de la lumière !*

Invariablement on se dispute sur les 7 kilomètres qui nous éloignent de la ville.

Invariablement j'essaie de le convaincre que ce n'est pas grave.

Invariablement, par des calculs savants, additionnant les coûts de l'essence et de l'entretien des véhicules, il me démontre qu'il y a 7 kilomètres de trop.

Je fais semblant de l'écouter.

Un jour on verra.

Pour l'instant je suis bien là.

Pas la force.

Juste regarder le jour se lever.



Comme tous les matins Philippe a réglé le réveil. D'habitude je me lève avant lui. J'aime flâner, lire un peu, finir de préparer mes cours, ouvrir les volets, aller donner à manger aux chats et écouter les bruits légers du matin.

Aujourd'hui encore je reste à la maison. Ça tombe bien j'ai des rideaux à finir pour la boutique que vient d'ouvrir mon fils aîné, et une cantinière à décaper. Ma copine Elise viendra m'aider. Elle sait tout faire, son jardin qu'elle façonne de massifs colorés, ses bouquets de fleurs sèches, sa présence rassurante quand tout va mal.

9 h le téléphone : il faudra passer au cabinet médical, il y a des analyses à refaire.

Bon d'accord.

Je n'avais pas envie de bouger mais je parcours les 7 kilomètres qui me séparent de mon médecin.

Il m'explique : le taux de plaquettes est un peu bas... des cellules qui ne me plaisent pas...

Je ne savais pas que les cellules pouvaient être plaisantes ou pas.

Il me dit qu'il craint une leucémie.

Leucémie, leucémie... Un brouillard passe devant mes yeux.

– *Vous êtes sûr ?*

– *Ça se peut, je vous envoie au service de cancérologie.*

Là-bas une gentille cancérologue me rassure :

– *Non ce n'est pas la leucémie, vos globules rouges sont trop hauts et votre taux de plaquettes est normal.*

Je ressors du service : je ne vais pas mourir, pas encore.

Je ne comprends toujours rien.

Juste cette étrange fatigue sans douleur, sans raison. Et au creux de mon ventre, la peur.

Je ne vais pas mourir enfin pas encore. En sortant de l'hôpital je me rends compte qu'il fait bon pour un jour d'automne.

Quand j'étais petite j'aimais déjà cette saison, celle de mon anniversaire, celle des feuilles jaunies et des châtaignes qu'on allait ramasser dans les bois du Viaur.

Mais pas les nuits.

Aux Trembles, un soir de novembre.

Je dors dans la grande chambre.

Des ombres se promènent. Je crois qu'il y a des fantômes dans l'armoire, celle qui sent fort la naphtaline.

Je me cache sous les couvertures, je me bouche les oreilles pour ne pas entendre le silence. C'est pire.

Je veux de la soupe de carottes et de pommes de terre.

Mémé Maria m'a entendue, elle se lève. Et me trouve dans l'escalier. Il fait froid.

Je m'assois à la table, elle me réchauffe une assiette de soupe. Je joue avec les petits bouts de carottes qui flottent au milieu des fleurs bleues. C'est bon, même si ça sent un peu la cochonnaille.

Je resterais bien là toute la nuit à côté de la cuisinière qui ronfle doucement.

J'arrête de pleurer. Bientôt il fera jour.

À 52 ans, je ne peux même plus pleurer. C'est comme un voyage terrifiant, un chaos, une marche lente sur l'absurde blancheur glacée. Mon corps est cerné de barbelés et mon cerveau déchiré.

Parfois je regarde le pâle ciel de novembre à travers les vitres closes de la chambre.

À 52 ans, de l'énergie et des projets plein la tête, le couperet est tombé, le jour où Monsieur S a fouillé dans mon squelette pour prélever ma moelle. Quelle familiarité ! Quelle audace !

Il m'a laissée sortir de l'hôpital, le temps d'un week-end, le temps d'aller à Toulouse pour la soirée d'inauguration du magasin de mon fils. Ce soir-là est une fête, une victoire sur les prévisions moroses des enseignants. À 22 ans, Victor tourne le dos à une météo maussade...

Je suis terriblement fière de lui et je souris aux gens, bêtement assise sur le canapé en cuir vintage. La boutique est très belle, tout en brique, avec ces meubles anciens récupérés dans des trocs et sur *leboncoin*, on se sent bien comme dans un appartement d'artiste.

*– Ça va ? Qu'est-ce qui t'arrive ?*

*– Je ne sais pas ne me fais pas la bise j'ai de la fièvre.*

Je regarde la cantinière que j'ai customisée avec Elise, et les rideaux des cabines. C'est élégant.

J'ai eu le temps de les coudre quand la fièvre me laissait un peu de répit, juste à temps.

Le lundi matin la secrétaire de l'hôpital m'appelle. Le médecin veut me parler.

C'est Patricia qui m'accompagne. Il vaut mieux. Dans le bureau, j'attends qu'il parle le premier. Avec douceur, il m'annonce que j'ai une leucémie, il ne sait pas encore laquelle, mais il me dit que c'est grave. Ses mots sont emballés dans un sourire comme un cadeau, accompagné d'un ticket d'entrée au service de Madame H, à Toulouse.

Faut pas traîner.

Les messages d'encouragements arrivent en masse. Les amies aussi. Assises dans le salon elles affichent un sourire crispé. On mange un *soleil* de l'Aveyron que Faty a ramené. Elle passait par hasard, et apprend comme moi les mots scientifiques que je sers entre les larmes.

Je croque un bout de gâteau au sucre en fumant une cigarette devant la cheminée ouverte.

En début de phrases pleuvent les « Tu sais »... c'est le meilleur centre de soins pour les leucémies, Toulouse et Montpellier sont très réputés.

Même le neveu de Boston m'écrit : Je connais quelqu'un qui connaît quelqu'un qui connaît Madame H... Je te recommanderai pour qu'elle te reçoive... au plus vite.

En une heure, je suis devenue une célébrité.

Ça doit être grave.

Au 7e étage du vieil immeuble de l'hôpital Toulousain j'essaie de comprendre. Je regarde les avions de Blagnac qui décollent. Ils passent juste au-dessus d'un immense pin décharné et des grues. L'hôpital de Purpan ne cesse de s'agrandir. Il manque de lits. Le mien est côté fenêtre.

Ma voisine, côté porte, a un beau foulard sur la tête qui lui va bien. J'espère que moi aussi je ne serai pas trop laide avec ce genre d'accessoire car j'ai bien compris que mes cheveux ne vont pas résister. Elle est jeune et souriante. Elle a vu mon air inquiet alors elle me donne des conseils pour la suite, tout en se massant les jambes avec de la crème, sans parfum.

Le Lundi 26 novembre 2012 j'ai écrasé ma cigarette devant l'entrée de l'hôpital, et toutes mes illusions. Mon petit sac de voyage est assez léger, je n'ai pas envie de m'installer trop longtemps à Purpan. Dans les ruelles étroites, il y a du courant d'air, et les immeubles sont si hauts... J'ai quand même eu la bonne idée de prendre un gros pull car il fait froid. J'apprends les mots de la science sans trop comprendre, leucémie LAL de type B, avec translocation du chromosome de Philadelphie. C'est déjà tout un voyage et ça fait sérieux. Des gros mots, comme les crabes qui se bousculent dans mes veines. Des gros mots qui m'entourent d'une bulle de cellophane et de pleurs. Ça dépend. Ça dépend de qui je vois.

Les pleurs quand je vois mon fils, mon ange. Ensemble on compte les bulles qui circulent dans le tube : une bulle, une larme, une bulle de vitamine, une larme d'amour. Quand je vois mon coquelicot, mon ouragan, ma fille, j'évite de pleurer.

– *Tu ne parles pas comme une vieille, tu t'habilles bien, tu guéris, t'as pas le choix.*

Alors je dissimule ma grimace de canard triste et je contemple mes Havaianas qu'on a achetées à Rio l'année dernière. Faciles à mettre, faciles à désinfecter surtout.

Pardon Lena, pardon Victor.

Je ne l'ai pas vue arriver, j'aurais dû me méfier.

Il a fallu que je renonce à tout. Au début, je pensais que ça passerait, juste des courbatures, une grippe peut-être. Mais le verdict s'est affiné. Implacable, impossible à digérer, un cauchemar dont on ne se réveille pas. Collée à moi pour longtemps, il faut qu'elle devienne une alliée même si je la déteste.



Déjà deux jours que j'apprivoise les tuyaux, le cathéter, les sacs en plastique accrochés au pied à perf. Sur la table de nuit, à côté du téléphone un petit ours en peluche. C'est Lena qui l'a choisi parmi ses anciens jouets. Pas trop grand, pas trop vieux. Je n'ai pas le droit de le toucher, il est enfermé dans un sac de congélation. Pour les microbes.

Avant-hier les brancardiers m'ont conduite au sous-sol, dans les blocs opératoires. La vie y est insoupçonnable : des scooters électriques roulent à fond, avec des wagonnets chargés de cartons, d'autres lits attendent devant les blocs, les chirurgiens discutent sur leur portable, plaisantent et comptent le nombre de patients qu'ils ont à voir avant l'heure de la pause déjeuner. J'ai les yeux rivés au plafond : une galerie de tuyaux s'enchaîne au milieu des toiles d'araignée, c'est ce que je vois, sans mes lunettes. C'est gris bruyant et froid.

Quelqu'un pousse mon lit dans la salle d'opération. Elle est peinte en mauve et une musique suave, semblant sortir d'un haut-parleur d'avion perce les parois, elle me donne la nausée, à moins que ce ne soit les outils rutilants que les chirurgiens disposent sur la table, à côté de la planche sur laquelle je dois m'installer. Couchée, la tête en arrière, je me sens prisonnière, à leur merci. Coupable et humiliée pour une raison inconnue. Une serviette bleue, qui ressemble à celle des salles des fêtes, recouvre mon visage et mes bras. Je ne vois rien mais j'entends tout, je suffoque, et je voudrais bien me gratter le nez. Changer de place aussi les élastiques du masque qui scient mes oreilles.

Les chirurgiens passent leur combinaison de cosmonautes, bleues aussi. Et ils attaquent, tout en commentaires. Piqûres, anesthésiants, coups de ciseaux, incision – c'est plus doux – petit 180° pour que le cathéter se place bien entre la veine jugulaire et le cœur, c'est presque fini, deux points de suture, sparadraps pour maintenir le tuyau en place, ce fameux cordon de vie, en Y, où d'un côté passeront les potions chimiques, et de l'autre le sang pour renforcer mes défenses.

Un brancardier me ramène dans le couloir gris du sous-sol, on fait ensemble une petite promenade dans les méandres encombrés. Il conduit mon lit à roulettes comme un jeu. Alors je m'endors dans le brouhaha des ruelles grises. Trop tard, l'anxiolytique fait effet.

Les jours qui suivent sont remplis par une batterie de chimio, de compléments préventifs en tout genre. J'ai peur de chaque bulle qui glisse dans les tuyaux. Et j'ai toujours besoin que quelqu'un me garde pendant le temps qu'un produit inconnu s'écoule dans mes veines. Un jour Lena, un jour Philippe, un jour Victor, même la maman de Juan qui reste un soir au bord du lit et me sourit. Elle connaît. Elle m'a prêté des pyjamas, ils sont chauds et doux, comme sa voix qui m'apaise.

Les produits ont des couleurs acidulées, jaune pâle, vert tendre, oranger. Leurs effets sont terribles. Je glisse doucement dans un monde frontière, faussement ouaté, où seuls les bips de la machine à tension me rappellent à l'ordre. Je suis à nouveau une enfant aux mains attentives des infirmières et aides-soignantes du 7e. J'apprends aussi que j'ai une leucémie qui touche surtout les jeunes. J'ai du mal à comprendre.

– *Elle sera compliquée à vaincre*, me dit la grande dame au visage sérieux.

Alors c'est pour ça que je retourne régulièrement aux Trembles, pour être du bon côté, entre parenthèses.

Les visites sont les seuls moments où je pose un pied dans la réalité. Ce mardi 28 novembre, j'ai terminé la journée en compagnie de mon aîné et j'ai laissé repartir Philippe à Albi, dans la maison qu'il doit trouver trop grande. Est-ce que tu as fait assez de courses ? Sinon tu vas chez ta sœur, elle m'a dit qu'elle t'avait préparé un gratin et de la mousse au chocolat. Et la cheminée, tu l'as nettoyée ? Ça ne risque pas de prendre feu ? Ne mets pas trop de branches de pins, ça encrasse. Et toi Victor, ça va aller ?... Je ne maîtrise plus rien.

Ce matin de novembre, je vois mieux pour écrire. Pourtant le ciel est bien couvert. Toute la nuit j'ai fait la liste des possibles : j'ai prié le Bon Dieu, même si je ne crois pas en sa bonté, j'ai rêvé que les chercheurs trouvaient un produit miracle, allez dans quelque temps ça ne sera qu'un mauvais souvenir, – dommage que les miracles soient seulement des images pieuses pour les enfants et les ignorants.

Hier ils m'ont fait signer le protocole.

Mais quoique je signe, c'est un pacte avec le Diable.

Comme le chante Juan dans *Lettre morte*, avec son groupe *Les Gens du Bar*, « il y a peu de chance qu'on s'en sorte ».

Adiós amigos y amigas, pas de fleurs, juste mes cendres aux Trembles, sous le poirier avec quelques groseilliers et désespoirs du peintre pour faire joli.

Avant, les possibles étaient aussi larges que l'océan, maintenant je dois me contenter de 3 ou 4 solutions, un maigre bouquet, n'est-ce pas ?

Quelques mètres carrés pour tourner autour du lit, la salle d'eau avec les récipients qui recueillent et mesurent les urines de deux patientes, et un papier toilettes plus rêche que du journal. La feuille A4 de mon bloc-note est bien plus grande que mon nouvel espace d'habitation, et plus douce, aussi.

Mon coquelicot, mon ange, mon bébé vient de repartir dans la nuit toulousaine. Elle est restée deux heures avec moi, elle a laissé tomber ses feuilles de cours. La poussière a volé, elle a secoué ses cheveux et ça m'a fait du bien.

Elise aussi est venue. Elle m'a coupé les cheveux. C'est mieux pour la suite. Il faut très vite prendre de bonnes habitudes, ne pas se laisser surprendre par cette inconnue que je regarde dans le miroir. Je fais l'expérience chirurgicale de ma maîtrise de psychologie : l'inquiétante étrangeté. Pendant longtemps ce thème me fascinait. Passionnant en littérature, en peinture, en poésie. En réalité, c'est *Le Cri* de Munch, en plus dégueulasse.

Je touche mes cheveux, dernier rempart ; bientôt je serai nue.

Quand la nuit a glissé doucement sur les grues et les immeubles de Purpan mon fils est venu me rassurer.

– *Laisse faire, lâche prise, tout va bien se passer.*

Il reste, pendant que le liquide au nom imprononçable passe dans mes veines. À chacune de ses visites mon cœur se soulève quand je le vois apparaître dans l'embrasure de la porte. Il est beau et triste comme un Dieu. Ses grands yeux lui mangent le visage. C'est quoi ce monde ? Où sont les grands dinosaures de ses 7 ans, les fourmis qui descendent l'escalier et qu'il suit patiemment, les ballons crevés à force de coups de pieds contre les murs, les pistolets en plastique et les salamandres attrapées dans les trous d'eau ?

Vendredi 30 novembre à 8h10, l'aide-soignante et l'infirmière me réveillent. Elles ont le sourire : c'est l'heure de la prise de sang. L'heure, l'heure, la minute, la seconde, tout se compte. Les bulles des tubulaires transparents, les pilules que je prends et les pages blanches.

Après je vais faire un tour dans un roman que je n'ai pas encore écrit, ou si peu, par bribes.

Plus tard, entre deux eaux, je m'enlise.

Je suis allongée dans un drôle de lit à bascule, des gouttelettes glissent sur la fenêtre, ce sont les mêmes qui circulent dans les tubes : elles ont l'air inoffensives, de l'eau, des tonnes d'eau qui naissent des gros nuages blancs de l'hiver.

Je suis allongée sur la banquise, le matelas recouvert de plastique rafraîchit ma nuit. Je regarde le ciel : pas d'étoiles. Pour le vent, c'est le purificateur d'air qui ronronne.

Et toujours, dans toutes les directions, derrière la fenêtre, sous le lit, à la pointe de mes cheveux, sous mes cils, au creux de mes bras, vos visages qui me supplient. Je vous parle sans cesse, je vous tiens du regard, de la pointe de mes doigts. Je vous frôle et vous serre contre moi, à peine, et vous vous endormez dans mes bras.

Avant même de vous connaître, vous étiez déjà dans mes poupons et poupées. Fille unique jusqu'à 15 ans, j'ai eu le temps de rêver, de m'inventer des vies et des enfants que j'aurais.

Il fallait bien vos vies lumineuses, dessinées au fond des yeux de verre, pour sortir de la morosité du premier appartement dont je me souvienne. Il était dans une rue sombre et étroite de Rodez, à côté de la Place du Bourg, et le Square de la Boule d'Or : rue Sainte-Catherine, près de Sainte-Procule, mon école. L'Aveyron est peuplé de saints.

On grimpait au second étage, je crois, par un escalier teinté au brou de noix, comme tous les escaliers de l'époque. On commençait à peine à construire des grands immeubles lisses et propres dans les contreforts de la ville, tout en bas vers la gare, ou vers le nord, sur Causse Comtal. Ma mère aurait bien voulu qu'on loge dans un de ces appartements modernes, avec salle de bain et WC à l'intérieur mais mon père avait peur des dépenses.

Au second, dernier étage de ce vieil immeuble, on entre directement dans la cuisine. Sur un pan de mur, une table rectangulaire, recouverte d'un papier plastifié rouge, sur un autre pan de mur, la cuisinière à charbon et sur la troisième paroi, la seule fenêtre de la pièce éclairant l'évier. En dessous, un placard assez grand pour que je me cache. Tous les jeudis, c'était le grand jeu, Tatie Do venait chez nous – elle était au lycée à Sainte-Procule, elle aussi, chez les grandes – et elle devait me trouver. Recroquevillée sous l'évier, j'écoutais ses pas dans l'escalier. Elle a le pied léger de celles qui aiment cueillir les bleuets, les marguerites et les clochettes dorées des coucous. C'est la dernière des sept. Petite et fluette.

J'aimais qu'elle vienne, elle me rassurait, comme elle sait toujours le faire. Ma mère lui faisait un flan aux œufs, et on le mangeait ensemble. Mon père l'appelait l'hirondelle.

Cette hirondelle-là, de 10 ans mon aînée, veillait sur moi, même à l'école.

Je n'aimais pas l'école, à 2 ans. Je restais accrochée à la grille de la cour des grandes et j'appelais « Tatie Do ! ». Souvent la maîtresse allait la chercher en cours tellement je pleurais.




Faut dire que tous les matins, ma mère pleurait aussi, et je ne savais jamais si, le soir, elle serait en vie. Elle avait « la maladie des nerfs » : étranges symptômes entre crises d'hystéries, de pleurs, d'abattements, de malaises, qui donnait à son visage cette teinte des morts. Un mystère angoissant pour une fillette de 2 ans. Cet étrange mal dure encore, et me terrasse. C'est mon cancer, ma leucémie que je traîne depuis toujours. J'avais peur de tout : de l'eau, des gens à qui il ne faut pas parler parce qu'ils me voleraient, des bonbons à refuser car ils m'empoisonneraient, d'une convulsion qui a failli me coûter la vie, du sable dans les yeux, des conjonctivites à répétition, des otites à crever le tympan, et par dessus tout d'une mère aimante certes, mais instable, qu'il fallait soutenir et écouter geindre du soir au matin.

Alors, Rue Sainte-Catherine, je ne te regrette pas. Ni même ma chambre, enfin un semblant de chambre, derrière une cloison en bois improvisée par mon père, ni même la cour, tout en bas où les rats couraient pour dévorer les restes de repas, de l'épicerie du rez-de-chaussée et peut-être des locataires. J'ai oublié les quelques boutiques, mais pas les rats, ça non ! Dans les années soixante tout se jette dans les cours, dans les jardins : on ne fait pas le tri sélectif. Il y a aussi cette chambre immense en face de celle de mes parents : on y stocke le charbon. Elle est pourtant assez belle avec un beau plancher et je la vois très grande. Mais c'est un peu la chambre de Barbe Bleue. Je n'y vais pas. Seul mon père y rentre et dépose les sacs de charbon. Donc mon père sent le charbon. Sinon, il sent le céleri, les oranges, la poussière des pommes de terre qu'il livre dans toutes les épiceries du Nord Aveyron. Ça lui plaît, il travaille beaucoup, mais ça ne se dit pas, pour ne pas embêter la patronne. Il a toujours travaillé là, après le service militaire, qu'il a fait en Algérie. Là-bas aussi il conduisait les camions.

Il a rencontré ma mère chez ses patrons. Elle était employée, s'occupait du petit et « tenait la maison ». Pour mon père, cette entreprise empreinte de paternalisme, était comme une seconde famille. Il n'a jamais compté ses heures jusqu'à son dernier souffle. Oui il est mort au travail quelques jours avant le premier de l'an 1982. Il a fini sa tournée, dans un état second, après un accident, m'a-t-on dit. La portière du camion, qu'il aurait oubliée d'accrocher l'aurait projeté à terre, le laissant inerte pendant quelques heures. Il y avait du vent cette nuit-là. Il n'a pas appelé les secours, n'a pas écouté les conseils des épiciers et a continué ses livraisons jusqu'au soir. J'ai réfléchi à cette tragédie bien plus tard, j'étais déjà partie de la maison. Enfin presque.

Je ne te regrette pas vieille rue coincée entre l'école et la cour des rats. J'aimais quand même aller au Square de la Boule d'Or, de l'autre côté du Boulevard : avec des amies on prenait une rue en pente qui sentait les égouts. Sous nos pieds, les gargouillis des eaux de la ville allaient rejoindre l'Aveyron dans la côte de Layoule. On aimait cette ruelle coincée entre les murs et le jardin, gardant la chaleur de l'été.

Malgré ces petits plaisirs ensoleillés, j'attendais quand même mon grand-père. Le jeudi et le samedi. On prenait aussi ma mère, car il était rare qu'elle puisse rester seule « au cas où elle se trouve mal ». Et il nous emportait loin de Rodez, à 10 kilomètres, en direction du Viaur, aux Trembles.

Là-bas, je troquais mes habits d'école contre des vieilles guenilles, trouvées au fond de l'escalier, je me couvrais d'une cape noire, celle qu'on jette sur les épaules, pour mener le troupeau au pré. Et je partais gratter la terre, je faisais le tour de tout pour voir si rien n'avait bougé. Et puis le plus souvent, j'allais à l'étable, au chaud près des vaches. Assise sur une botte de paille je regardais vers le « cledou », la barrière du fond du chemin, cet horizon plein de promesses. C'est là mon essence, ma mélodie, une ballade sans fin qui me suit : un simple carré de lumière où, en désordre, passent les hirondelles, les mouches, les poussières du foin et le béret de Pépé dans le contre-jour des battants supérieurs ouverts. Les portes des étables d'avant étaient un assemblage de planches irrégulières en bois cloutées. En fin de journée, quand il ne gelait pas encore, on fermait les battants inférieurs et on laissait la partie supérieure ouverte, ce que j'appelais la fenêtre creuse.

Je n'aimais pas quand il faisait noir.





Comme aujourd'hui, au 7$^{e}$. J'aime bien que les infirmières oublient de fermer la porte. Heureusement elle est vitrée avec un store italien, alors la nuit je vois les lumières qui viennent du couloir. Je ne dors pas beaucoup, là-haut.

J'organise mes nuits : le plus souvent je relève le lit pour être presque assise, et de façon à pouvoir attraper la bouteille d'eau et mon carnet… la nuit je pense à des phrases…

Couchée dans le coin de l'étable, j'observe le va-et-vient du grand-père, qui passe avec les bidons de lait pour les entreposer dans la vieille maison.



Ses sabots raclent la pierre, c'est l'heure d'aller chercher le verre avec le sucre. Les chats aussi montent la garde ; ils attendent près des petits veaux, leurs écuelles en émail martelé posées entre leurs pattes blanches. Je les aime bien, mais je mets du temps à les prendre dans mes bras : trop vifs, trop rapides, électriques, incontrôlables. Si je bouge, ils s'accrochent à ma peau. On s'observe, on verra plus tard.

En hiver la mousse du lait a la même couleur que la neige. On trace un chemin à la pelle de la maison à l'étable et on se croit à la montagne, silence blanc d'un monde divin. Peintures naïves, maison en pierres jointées, dessinées à la règle, toits pointus en chapeaux chinois, le tout dans des verts francs, gorgés d'eau, parsemés d'arbres aux branches étrangement découpées, comme dans mes dessins d'enfant. Au bord du jardin d'agrément – celui qui limite le champ des brebis – et la cour, il y a un immense sapin, exactement – à l'épine près, à la cime près – le sapin des contes de Noël. Il est brillant et vert, légèrement décalé vers la gauche, quand je suis assise à la fenêtre de la cuisine et que je regarde vers la fin du chemin.

Une chance, comme ça je vois aussi le coucher du soleil. La photo est parfaite. Quand la neige recouvre le géant, les branches vont rejoindre les étoiles, la Voie lactée et toutes les fenêtres astronomiques qui clignotent quelque part, là-haut, là-bas ou en dessous. Pas besoin de microscopes géants dans ce genre d'expérience, pas besoin de savoir compter : un monde sans dessus-dessous. Je m'amuse, je vole, je grimpe en haut du sapin, et je fais le cochon pendu ! Pieds crochetés sur une grosse branche et tête en bas : tout ça sans bouger de mon poste d'observation, la fenêtre de la cuisine. À droite, vers le nord-ouest, au champ des vaches et des brebis, la Devèze, des peupliers en bordure et des haies sauvages où viennent se perdre les petits moineaux, les rouges-gorges, et les pies voleuses. Les trembles bougent à la brise matinale, penchent mais ne plient pas. Sauf quand les moutons se dressent sur leurs pattes, hissent leurs corps moussus, et engloutissent les ronces qui s'enroulent autour des troncs, en un seul coup de langue.





J'aime bien les petits agneaux, parce qu'ils ont un joli brin de voix plaintive. Ils sont doux et bien proportionnés. Mais pas le mouton, à cause de son air fourbe et ses cornes.

Sinon, quand le mouton est encore dans la bergerie, le matin j'enfourche mon petit vélo rouge et je fais un tour dans le chemin, jusqu'au « clédou » que Pépé a déjà fermé, pour le troupeau de vaches. Elles paissent paisiblement au milieu des brebis, tressaillent un peu quand je passe à côté. Leurs grands yeux, douceur profonde, baignés de larmes et de mouches, plongent en moi, comme dans un livre sans fin. Je les aime, ces vaches blanches et noires.

Leur souffle, la vie puissante.

Je termine mon inspection de la propriété et je fais demi-tour. Le caillé m'attend sur le coin de la cuisinière, dans le « toupinou » en terre. Avec une louche je prélève la première couche gélatineuse, blanche comme la neige. Selon mon humeur, je saupoudre de chocolat ou de sucre. La suite est juste un peu de bonheur qui coule sur la langue, inégalable saveur, que même le foie gras de Noël ne remplace pas. Mais il faut par contre, qu'elle soit très fraîche. Au printemps je l'aime moins car le lait sent fort l'herbe grasse. Alors, on déjeune, parfois comme grand-père, saucisses sèches ou dans l'huile. Quand on est petit, on préfère la grande tranche de pain de campagne, aérée sur laquelle on tente de faire tenir la crème fraîche et la confiture de groseilles. Tout ça coule entre nos doigts et finit sur la nappe à carreaux, au milieu des croûtes de pain. Et des mouches. Elles sont toujours là à tourner autour de nous, à s'accrocher à nos cheveux, à coller à nos verres, à la recherche d'un nectar sucré. Elles trouvent toujours un passage par les interstices de la fenêtre. Mémé les voulait immenses pour surveiller ses 7 enfants et sa volaille, mais elle n'avait pas pensé aux insectes. Tous les jours elle se bat contre eux : *« Fermez les fenêtres, tirez les stores, sinon on va être envahi »*. Rien n'y fait. La maison est une arche de Noé, les petits-enfants ouvrent les portes, claquent les portes, passent par la cave, ou par le couloir de l'entrée. Tantôt sur le perron, tantôt dans la cuisine, tout est lieu de jeu. Parfois, l'été, on va aussi au grenier, au dernier étage ; immense pièce peuplée de vieilleries et d'un étrange landau monté sur roues de géants. Le sol est jonché de cageots remplis de revues des yéyés, de vieux albums comme *« Delphine et Marinette »*. On n'a pas peur des toiles d'araignées qui dansent dans la lumière du chien-assis. De là on voit loin, presque jusqu'à la Vidalie.

Cette fenêtre, c'est ma préférée, celle que je vois en premier quand je reviens dans la maison de mon enfance. Dès la fin du chemin, elle me fait un clin d'œil et me dit doucement, rien qu'à moi « coucou, je suis là, je t'attendais ». Comme je suis souvent seule, surtout en période scolaire, je crois que les objets me parlent, je leur parle aussi. Mais je sais quand même que je joue. Je me replie sur moi-même, je comprime mon estomac, comme pour bloquer un hoquet puissant et « non je ne suis pas comme ma mère, je ne suis pas folle, je n'entends rien, ni les cris, ni les pleurs, ni les rires, ni les fenêtres qui parlent : seules les pintades qui piaillent et le chien qui court après, seulement eux ». Et quand ça ne passe pas je vais sous l'escalier du perron, ferme le vieux store vert, et je serre ma poupée. Parfois j'appuie sur ses yeux en plastique mou, jusqu'à ce qu'ils s'aplatissent. Après ils se regonflent. J'écarte le store.

J'aperçois le buisson ardent. Quelques fleurs rouges commencent à éclore. Il est énorme ce buisson. Aux heures les plus chaudes de la journée on s'endort sous son feuillage.

Aux Trembles, je pense souvent à l'été, aux coquelicots aux bleuets qui peignent en pointillés les fossés et les bords des champs de blé.

Mais je frissonne souvent de peur. Sans comprendre vraiment pourquoi, je marche à côté de moi et, en passant devant la glace jaunie, je cherche à qui je ressemble.

Qui suis-je ? En cette fin du mois de novembre, j'ai froid. Devant le miroir de la salle d'eau je suis face à une inconnue semblable à toutes celles et tous ceux du 7e étage. Le crâne rasé, punie pour une raison inconnue je fuis mon reflet. J'ai gardé mes cheveux le plus longtemps possible, secouant tous les matins mon oreiller. Mais un jour il a bien fallu que j'écoute l'aide-soignante, elle m'a dit avec son bel accent de Guadeloupe :

– *Ça vous va bien, vous avez une jolie forme de crâne.*

J'ai fait semblant de la croire et j'ai respiré son parfum à la vanille. Bien plus agréable que l'odeur de fer du méthotrexate et de la vincristine.

Ma cousine, Céline, m'appelle. Elle me dit qu'il neige aux Trembles et que c'est beau. Elle habite là maintenant, avec son mari. C'est la cadette de Tatie Do qui a hérité de la maison et qui la fait revivre gaiement en peignant les vieux meubles en gris bleuté. Elle accroche aussi aux murs de beaux coquelicots qu'elle peint de temps en temps. Sur la poutre de la cheminée, elle collectionne aussi les poules en porcelaine, à défaut d'en avoir en vrai.

Je l'imagine à son bureau préparant ses cours pour les petits de CP.

Elle est devant la fenêtre de la salle à manger, comme ça elle peut voir le champ couvert de laine blanche.

La vive lumière est là, partout. Elle glisse dans le couloir, dans la cuisine, sur la table de campagne qu'elle a conservée.

Elle se sent un peu seule, surtout cet hiver.

Elle attend un bébé.

Je lui dis que j'ai envie de la rejoindre.

*– Bientôt tu pourras venir... tu t'installeras à la table et tu nous raconteras les histoires de tes mouches...*

Il suffit d'ouvrir le gros tiroir...

... Les miettes de pain volent un peu. Je sens la chaleur de la grosse cuisinière : il y a toujours un plat qui mijote, du lait, du café, dans le coin le moins chaud.

J'écoute les bruits du dessus. Le plancher de la grande chambre craque. Ma mère est là-haut. Ça y est elle pleure...

Avec le long couteau je coupe maladroitement une tranche de pain.





J'ai mal pour elle.

Ma grand-mère a entendu, elle aussi. Elle est en train de faire la vaisselle dans l'arrière-cuisine. Les verres font un joli bruit en cognant les bords de la bassine en fer.

Bientôt grand-mère frotte ses mains au tablier et monte à la chambre. Elle aide sa fille à descendre et l'installe devant une assiette de soupe, encore et toujours de la soupe.

Je plaque mes deux mains sur la nappe, quelques miettes se collent à ma peau.

Elle dit qu'elle ne la digère pas, la soupe. À cette époque là elle est maigre, elle est soignée par un psychiatre avec des médicaments pour les nerfs, bien sûr. Elle est comme folle parfois. Elle s'énerve, son visage se déforme, on dirait une sorcière et là j'ai peur. Elle peut aussi prendre des assiettes, des couteaux, et tout jeter à terre. Il lui arrivera, plus tard, quand je tenterai naïvement de la raisonner, qu'elle me menace en serrant les dents.

*– Qu'est-ce que tu as ?*

*– Pourquoi tu me grondes ?*

*– Pourquoi tu pleures ?*

*– Qu'est-ce que je t'ai fait ?*

Elle pleure, me serre dans ses bras. Elle sent bon, ses mains sont douces mais j'ai peur.

Elle dit qu'elle va aller se noyer au puits ou qu'elle va s'évanouir. Et à table, pointe la fourchette ou le couteau en menaçant.

Je ne sais qui.

Parfois elle rit, me câline, me coiffe et après se met à pleurer, ça dépend de ce qu'on lui dit. Souvent, ses frères l'insultent et lui disent de se taire, tout ça en patois, ça fait pas le même effet, mais quand même moi... Je ravale ma colère pour plus tard, quand je serai grande je leur dirai. Ils sont plus forts, ils font un peu la loi. C'est ainsi dans les campagnes, les hommes sont les maîtres absolus. Pourtant Mémé ne se laisse pas faire. Il lui arrive souvent de « rouscailler » après le grand-père quand il rentre avec les vêtements sales, ou quand il s'endort à table. Pépé, lui, rien ne semble le perturber, il plisse ses yeux, sous le béret, prend ses lunettes et feuillette le seul livre qu'il aime : l'atlas. Il connaît les continents et les océans par cœur et surtout l'Afrique, la Côte d'Ivoire, là où vit Tatie Mathilde. À 10 ans elle est partie au couvent : elle avait rencontré une gentille religieuse, alors elle s'est dit pourquoi pas moi. Pourtant, d'après ce qu'on m'a raconté, elle ne ressemblait pas à une sœur. Elle bougeait, courait, aimait jouer avec ses frères et sœurs. Mais, c'était bien d'avoir une religieuse dans la famille, une sécurité pour l'audelà et une bouche de moins à nourrir, sans doute. Alors elle est partie, elle a pleuré, voulu rentrer. Le jour où les sœurs lui ont dit qu'elle n'était pas en prison, elle est « entrée dans les ordres ». Après quelque temps passé en Belgique, au séminaire, elle est partie faire l'école à M' Bahiakro, un village de la brousse. Elle s'y est plu, a pris le rythme nonchalant et chaloupé des femmes africaines. Elle m'a aussi appris les coutumes de là-bas. Tous les deux ou trois ans, elle revenait aux Trembles : robe noire, et voilette blanche, visage angélique de la Vierge et bras chargés de noix de coco, sacs en cuir, pagnes colorés... Nous avions tous notre cadeau. On s'installait au Pradel, sous le poirier, et on écoutait ses histoires exotiques : excursions dans la brousse, lions qui passent devant les jeeps, serpents à sonnettes, lézards plus gros que ceux qui grimpent l'été au creux de la vigne vierge, moustiques, palu... Tout était bon à écouter, du plus terrible au plus doux, comme ces enfants aux joues rebondies qu'elle tenait dans ses bras.

Aujourd'hui, elle s'étiole sous les grands arbres de la maison de retraite, à Villefranche-de-Rouergue, un regard accroché aux photos anciennes et à celles plus récentes des nombreux neveux et nièces, un doigt cornant une page de la bible. Le château-maison de retraite est bien beau et somptueux, trop sans doute pour les petits pas qu'elle est obligée de faire dans les couloirs immenses. Ça ne vaut pas les cases en toits de chaume, les grands espaces dorés de la savane, les ciels parcourus de baobabs, les échos des singes dans les branches, les chants des femmes qui rentrent au village, avec leurs petits lovés contre le dos.

À l'époque de mes 6 ou 7 ans, Tatie Mathilde est ronde comme un bonbon acidulé. En Côte d'Ivoire, elle mange de la farine de manioc, un délice, des noix de coco, des oranges, des bananes. Tout son visage semble moulé, en prévision d'une sculpture. Dans le voile noir et blanc, ses joues rebondissent et son regard étonné sur le monde lui donne cette innocence des enfants. Je suis encore naïve et je crois au petit Jésus, parce que ma Tatie me raconte des histoires passionnantes et qu'elle écrit de belles lettres. Je crois en tout à condition de pouvoir rêver le plus longtemps possible. Très vite quand même les messes me donnent le fou-rire, le curé, je le trouve ridicule, en plus il chante faux. Et les petits Jésus, je les préfère couverts de sucre cristallisé.

Ça c'est la période des Noël, période animée où quand Tonton Milou ne prévoit pas d'aller au ski, il vient avec Luc et Catherine, mes cousins. Tonton Milou, il a un sale caractère, même si parfois il sourit.

À Noël, on ouvre les portes du vaisselier, pour voler les crottes en chocolat, les pralinés et de ces jésus jaunes, verts et roses. On suce le sucre en premier, et ensuite on croque dedans.

En attendant d'aller à la messe de minuit les grands se préparent, se lavent et mettent les habits du dimanche. Mémé se coiffe en dernier et sort le plus joli foulard, qu'elle parfume avec l'eau de Cologne. Tatie Odette me peigne, elle aime bien me faire un chignon aussi haut qu'un chapeau. À la fin, avec un fer à chauffer, elle me tirebouchonne quelques mèches qu'elle appelle « les anglaises ». Moi cela me fait penser à la queue des cochons. Mais je ne dis rien, elle a l'air tellement contente. Le chignon des jours de fête me gêne quand même un peu. Il dodeline à chaque pas et je me sens un peu gourde. Un peu étriquée dans les habits du dimanche, le pull qui gratte, et le pantalon en tergal. Parfois j'ai envie de disparaître. Surtout que je suis la plus grande, même si on a, les trois cousines, presque le même âge. Je ne m'aime pas trop, alors je préfère m'habiller en garçon, avec survêtement et grand pull, et puis je vois qu'ici, c'est mieux d'être du sexe fort : ils ont le droit de conduire le tracteur, d'attacher les vaches, de se faire servir à table, d'avoir un opinel pour tailler les bâtons, de participer aux conversations des adultes. Enfin pas trop car souvent elles tournent mal, celles-là. Comme dans les films italiens des années soixante-dix, les grands se sourient en début de repas, se détestent au milieu et se pardonnent à la fin. C'est sans doute les effets du « pourtant petit vin » qui se dissipent. Et puis ils sont comme les cinq doigts de la main, et puis c'est Noël, sauvons les apparences, on va tous à la messe de minuit. Au village.

Du coup, nous aussi, les petits on se dispute. Souvent Luc, l'aîné des cousins, nous fait sortir de la cuisine, on se réfugie dans l'escalier qui monte aux chambres, et on se bouche les oreilles. Dans les soirs fastes, on part quand même à la messe de minuit, après quelques réconciliations. On roule doucement dans la neige qui tombe drue. Quand on rentre dans l'église on suffoque un peu dans l'odeur d'encens et d'eau de Cologne mêlée. Les villageoises aux visages sereins baignant dans la lumière tamisée qui émane de la crèche, sourient au Christ en croix, au-dessus du prêtre. Elles prient avec ferveur pour que l'année soit bonne, pour qu'il n'y ait pas trop d'enterrements, elles cherchent dans les yeux de l'homme d'église le pardon. Avec Mimi et Cathy, on regarde plutôt la grotte, la paille jaunie par le projecteur, le bébé, couleur bébé, Marie Joseph, le bœuf et l'âne. Nous, ébahis, dans un conte de fées, prêts à tout avaler : bondieuseries, mensonges, et pêchés au fond de l'âme.

On tend aussi le cou pour voir Luc, en enfant de chœur qui prend son rôle très au sérieux, à côté du curé. Cette métamorphose incongrue déclenche immanquablement un fou rire incompressible, qui monte en puissance quand, les voix aigües de la chorale s'élèvent jusqu'au ciel. Le chant discordant du prêtre se mêle à cet opéra de Noël qui résonne en nous, jusqu'à la nuit.

Comme quoi..., les lieux de culte sont parfois pleins d'humour.

Combien de prières tordues : Allah est grand ! Petit Jésus ! Plumes d'oies ! Pour nous laver de toute culpabilité ! Crises de fou-rire dans la chambre qu'on appelle « chambre sur l'évier » car elle est juste au-dessus de l'arrière-cuisine, avec Mimi et Cathy ! Je pense qu'après Mémé nous gronde, pas pour les péchés mais pour les plumes d'oies qui jonchent le plancher. Les oreillers sont éventrés, les nez irrités par les plumes et le froid qui pique.





Le lendemain, les cadeaux sont là, devant la cuisinière. On a accroché des chaussettes bariolées au rebord de la cheminée. Poupées Bella pour les filles, et pour Luc, un jeu de Monopoly pour qu'il exerce son sens des affaires. Il prendra la suite de Tonton Milou sans doute, alors il a tout intérêt d'assurer, sinon attention aux humiliations. Nous les filles, ça va on peut être plus faibles, mignonnes. Mignonnes, obéissantes et qui ne réfléchissent pas trop.

Cathy le prend bien et se complaît dans son rôle de petite-fille. Elle a certainement raison. Elle sucera son pouce longtemps, a souvent mal aux pieds s'endort plus tôt que nous. Elle a toujours le sourire, et un beau plissé du regard sous une frange épaisse. Plus jeune et plus espiègle, il y a Mireille. Elle m'appelle sa vieille branche, pour rire, parce que j'ai deux ans de plus qu'elle. Elle aussi est pleine d'énergie, rit tout le temps. Chez elle c'est son nez qui se plisse, un petit nez aux ailes mobiles. Ses yeux aussi sont toujours comme deux points d'hirondelles, prêts à s'envoler dans un fou-rire. Des trois, c'est moi la plus mélancolique. Faut dire que je dois porter la sagesse sur mes épaules. Pour ma mère.

Souvent ce poids entrave mon désir d'insouciance, et trouble ma vue. Même avec mes lunettes de myope, je ne sais pas d'où je viens, et où je dois aller. Pourtant je connais par cœur le jour de ma naissance, un dimanche après midi à 15 heures, à la maternité de Rodez. Tatie O. me prend dans ses bras, ma mère crie… tu vas la faire tomber, me la casser…

Tout arrive un jour, oui je suis cassée, mais ça n'a rien à voir avec Tatie O. Elle ne m'a jamais laissée tomber. Ma mère oui, mais ce n'est pas de sa faute. Elle m'a raconté ce jour-là tous les jours, tous les jours, sa joie immense, cette affection délirante entrecoupée des mots de colère qui dévastent la terre.

J'ai même vu des photos où je suis dans ses bras. Les bras de ma mère. Je vois bien que je lui ressemble, surtout quand je suis fatiguée. Ces marques de la génétique que je voudrais gommer sont incrustées dans les rides.

Un jour tous les vieux se ressemblent.

On me dit aussi que j'ai des airs de mon père et ça me plaît, tout autant que son nom, le souvenir de son visage qui n'a pas eu le temps de vieillir et les lieux de son enfance qu'il énumérait avec fierté. On disait qu'on montait au pays des Douls, comme une excursion dans une contrée exotique, empreinte de mystères. On y allait un dimanche sur deux. C'était une promenade joyeuse, tranquille. Je passais plus de temps aux Trembles, qu'aux Franquaises, le pays des brebis. C'était plus près et puis c'est comme ça, les filles avec leurs mères, elles vont plus souvent tricoter le fil maternel. C'est pour cela que la 2 CV de mon père tanguait parfois malgré lui du même côté. Comme un aimant on va toujours là où ça fait le plus mal.

Parce que Mémé Maria, celle des Trembles, dont le foulard protège mes nuits au 7e n'était pas toujours tendre avec moi. J'étais la plus grande, et toujours dans ses jupes. Sans doute je n'en faisais qu'à ma tête.

Les fenêtres je ne les aime pas fermées, les cages des lapins non plus. Je fouille aussi partout, dans les armoires.

Surtout celle de la grande chambre. Il y a des tiroirs avec des beaux tissus, ils sentent la naphtaline. Je vais aussi dans la chambre de Tatie Do. Mais je ne fouille pas. Je regarde surtout la petite cheminée. Des livres sont coincés par des éléphants en bois d'ébène, tout droit venus d'Afrique. Je regarde les livres comme des trésors. Mes premiers sont là. Je dors souvent avec Tatie Do et eux. Le soir, elle me raconte une histoire et on s'endort, pieds collés contre la brique chaude qu'on a roulée dans un papier journal.

Un jour elle m'offre *Kavik, chien de traîneau*, de la bibliothèque verte. Ça sera mon réconfort des soirées d'hiver. Pendant longtemps j'ai rêvé de ces grands espaces enneigés que j'ai retrouvés, plus tard dans les récits de Jack London.

Elle a aussi *Jane Eyre* et *Les Hauts de Hurlevent*. La lande brumeuse, la fenêtre claquant sous les assauts du vent. La douleur et la folie, me reviennent en pleine figure, comme des souvenirs de famille.



Un jour, Tatie Do est partie des Trembles cela a été dur pour tout le monde. Mémé était triste, moi aussi. Elle s'est mariée et elle s'est exilée dans l'Hérault avec Jean-Michel, un solide instituteur, espiègle parfois, plein d'humour, enfin, moi j'en ai toujours trouvé dans ses plaisanteries. Issu d'une famille de vignerons, il a toujours aimé le bon vin, les olives, la viande faisandée délicatement parfumée aux baies de genièvre. Les baies de genièvre, une promenade dans la garrigue, une touche de Méditerranée qui remonte vers le Bosc, un brin de souffre sur les vignes, et les griffes des ronces.

Le pâté de lièvre aux baies de genièvre, c'est lui. Ce goût me revient violemment, d'autant que les boulettes de viande qui flottent dans la barquette en plastique me répugnent.

Vaut mieux que je me sauve en courant, au-delà du Pas de l'Escalette. Je me souviens de ces vacances passées, dans l'Hérault. Ce sont mes parents qui m'ont conduite en 2CV. On a pris la direction du sud : Le Lac de Pareloup, et hop un saut vers Millau. Déjà, je voyage. Les contreforts hachés du Massif Central se modifient. Je connais bien ces dentelles si particulières qui entourent la ville du cuir et du gant. Elle n'a pas encore son pont suspendu et il faut du temps pour la traverser, mais ça me va. Je somnole à l'arrière de la voiture, qui chancelle à tous les virages. Ma mère est calme, elle va voir sa petite sœur.

On déjeune en haut du Pas, avant d'attaquer la descente. On sort les sièges de la voiture, la nappe à carreaux pour poser la salade de riz, le fromage et la fouace gonflée comme une outre, dorée à l'œuf.

On arrive en fin d'après-midi à Saint-Jean-de-la-Blaquière. On gare la voiture sur la place du village, à l'ombre des platanes. Il n'y a personne, juste le bruit assourdissant des cigales. Je me sens à la fois légère et égarée dans ce nouveau lieu qui me transporte, comme à chaque fois que je découvre un paysage, une ville, un horizon différent. Tout autour, les vignobles, la garrigue et des chemins qui serpentent en rocaille. La pluie semble avoir oublié de tomber, ici. C'est bien, je n'aurais pas besoin d'enfiler mes bottes en caoutchouc pour me promener.



Tatie Do et Jean-Michel habitent l'école. Et une école en période de vacances, c'est le rêve. Une grande cour ceinturée de murs aussi hauts que ceux des châteaux-forts, des jeux rien que pour moi et une balançoire. Je peux aussi utiliser les tables d'écolier le tableau noir et les grosses craies de toutes les couleurs. La salle de classe est immense, ouverte par des grandes portes-fenêtres qui donnent sur la cour.

Quand on rentre dans le hall, immense, nos pas résonnent sur le sol carrelé et sur l'escalier en marbre qui monte à l'étage. La salle à manger, meublée en formica brille et sent le propre. C'est moderne, vintage comme on dit maintenant.

Je comprends au premier coup d'œil que je vais me plaire ici. J'espère que ma mère ne va pas changer d'avis et qu'elle va bien me laisser au moins une semaine, comme elle me l'a promis.

Quand mes parents repartent après le repas du soir, je vois bien qu'elle fait un peu la tête.

Le matin, je me lève tôt pour aller explorer la salle de classe. Des odeurs de craies et de cahiers neufs volent dans l'air, je touche à tout et regarde les dessins des élèves de ce tonton instituteur. À cette époque, ce métier me paraît être un privilège, un gage d'importance, qui m'intimide. Autant de livres, autant de cahiers à petites et grandes lignes, autant de crayons et surtout ce tableau noir couvrant tout un mur, qu'on peut refermer comme un volet où se dissimulent les belles lettres cursives, magiques, élégantes et profondes comme la vie, qui m'ensorcelle.

J'essaie toutes les craies et je copie la date. Les L prennent de la hauteur, les m de la rondeur, et l'année que j'écris en chiffres 1973 arrive juste au bord du tableau. Je m'éloigne un peu, l'effet est assez satisfaisant même si ça penche un peu.

J'entends encore mon institutrice me dire :

– *Vous descendez à la cave ? Mademoiselle.*

Pourtant je m'appliquais et souvent ma vue se brouillait, quand tout près je devais lire mon texte au tableau, devant toute la classe ou que je n'arrivais pas à repérer les fautes car je ne portais pas encore de lunettes.





Les après-midi on se promène dans les vignes, on va au Bosc voir la famille de Jean-Michel. Ce nouveau tonton est sympathique. Il a des chiens, des épagneuls, et parcourt les chemins à grandes enjambées. Pourtant il n'a pas l'air pressé. Je me rendrai compte plus tard qu'on peut allonger le pas pour diverses raisons : échapper à la chaleur, se protéger du vent qui peut souffler fort, éviter les cailloux des chemins bien plus secs que dans l'Aveyron, oublier les problèmes.

J'adopte cette région avec délice, comme beaucoup d'autres endroits que j'ai traversés, dans lesquels j'ai vécu plus ou moins longtemps. Ils ont donné des repères à mes années qui ont défilé si vite.

Les migrations bousculent la poussière qui s'accumule sur les meubles, quand on les laisse toujours au même endroit.

Tatie Do par contre a du mal à s'habituer dans l'Hérault. Je l'ai entendu parler avec ma mère. Elle est trop loin de ses parents, elle a peur qu'ils vieillissent trop vite. On dit qu'elle est comme les « péluts » ces herbes qui collent aux jupes quand on passe dans les fossés. Tatie Do fera tout pour rentrer au pays. C'est son mari qui abandonnera ses racines et les replantera dans le froid. Avec un certain succès. Il s'occupe maintenant des Trembles, du jardin avec autant de dévotion que s'il avait toujours vécu là. Ce lieu de bout du monde l'a accepté, ce qui n'était pas gagné d'avance. Car un étranger reste un étranger longtemps dans la tribu. Il y a eu les intrus, toute leur vie, et il y a eu les adoubés. Je n'ai jamais compris à quoi cela tenait. Mais tous, au fond du trou, sont devenus des intrus aimés, respectés, adoptés avec de grandes qualités. Ils font partie des photos de la famille au même titre que ceux du clan. Les enfants, les gendres, les belles-filles unis à jamais. Bon il y a bien quelques relents de temps en temps, mais ça n'a plus d'importance.

Même si j'ai quelques reproches à leur faire, ils m'ont appris à m'habituer aux odeurs fortes, celles qui se patinent de souffre, de feu, comme cette fumée âcre qui brûle derrière la maison. Pépé y met tout dans le brasier : tissus, pneus, paille souillée, coquille d'œufs, animaux morts. Mémé ferme les fenêtres en ronchonnant, mais elle sait bien qu'il faut purifier, brûler les déchets inutilisables pour nourrir la terre ou les animaux.

Tous les jours elle descend à la cave. Penchée sur l'auge à cochon elle remue avec un gros bâton un curieux mélange de pommes de terre, d'épluchures et de reste de cuisine. C'est une odeur tenace, qui persiste encore, prise au piège dans le salpêtre et irrégularités des murs. Assise sur un parpaing je la regarde faire. Régulièrement elle s'essuie le front avec un petit mouchoir, et raccroche une mèche de cheveux échappée de son peigne. Il fait noir dans ce sous-sol, juste une faible lumière qui passe à travers la lucarne éclairant sa silhouette de grand-mère habillée de tabliers qu'elle superpose, pour économiser. Quand la soupe des cochons est cuite c'est au tour de Pépé de faire des allers-retours entre la cave et la porcherie, avec le seau qui déborde parfois, salissant ses sabots. C'est pas grave, il n'est pas là pour traîner. J'entends ses pas qui claquent dans la cour, au rythme régulier d'une horloge, parfois interrompu par un coup de pied dans une boîte de conserve qui a échappé aux flammes. Mémé gratte un peu le fond de l'auge et s'essuie les mains sur le tablier de devant. Je tousse un peu, il commence à faire froid.

– *Monte vite te réchauffer à la cuisine ! Prends une bouteille de vin, en passant.*

Sous l'escalier qui descend à la cave, Pépé range les bouteilles qu'il a pressées lui-même. Je ne rechigne pas quand on m'envoie en chercher une. Mémé nous en donne l'hiver, pour nous fortifier, dit-elle. Elle le sucre, rajoute un peu d'eau. C'est délicieux. Elle a ses petites recettes. Pour les maux de tête, de ventre, pour les rhumes les cauchemars. Ces derniers sont toujours causés par les vers ! On joue, ongles plantés dans la terre, là où grattent les poules, les canards et les chats. Alors les vers, on connaît.

Le remède c'est soit du vin de noix, soit un collier d'ail.

En ce 10 décembre 2012 à 23h26 je cherche à éloigner la nausée. Même le souvenir de la liqueur de noix, le pâté de lapin au genièvre, ou la tartine de pain à la groseille n'y font rien. Mon corps transpire le Méthotrexate et l'Endoxan. Dans ma bouche, des goûts de produits chimiques, vendus à prix d'or par Monsanto. Je me force à manger la compote, « fruits du verger » de chez Leader Price, c'est sûr, c'est aromatisé aux pesticides.

Alors je demande un lait chaud, faute de mieux, avec du miel pour la toux. Et puis cela me permet de parler un peu avec l'aide-soignante de la nuit.

Il est tard, ma voisine de chambre regarde une émission sur les handicapés qui se battent, les femmes seules qui élèvent leurs enfants. À peine au-dessus du seuil de pauvreté. C'est *« À chacun son histoire »*. Moi je préfère la mienne, car c'est la mienne.

J'en peux plus d'entendre le cul-de-jatte qui pleure, la mère qui a accouché sous X, et qui à l'orée de son soleil vert a des regrets ! Et ce « soixantenaire », qui a toujours vécu « encélibaterré » dans sa campagne, cherchant lui aussi à retrouver sa mère, il n'a pas daigné courir après une femme. Voyez-vous ça coûte une femme, et puis une femme ici, qu'est-ce qu'elle ferait ? Alors il recherche activement sa mère, par internet.

Tout seul, maintenant il s'ennuie ! Il n'a plus que le chien. Les troupeaux sont à l'abattoir.

Est-ce que je pleurniche ? Je ne cherche pas à retrouver mes blastes et mes crabes partis dans l'eau sale du bain. Qu'ils s'exilent dans le fond des océans ou dans une autre galaxie, je m'en fous.

De toute façon, tout se barre chez moi : sauf la merde, pardon, les excréments ! Pipi caca, c'est ou enfant ou sénile. Pour le reste, je suis à des années lumière, dans un trou noir qui aspire tout ce qui bouge, les bons crabes, qui n'ont pas encore bouffé le plastique, comme les mauvais crabes, de ceux que tous les excès de fête n'ont pas écœurés. Alors eux ! Chapeau ! Ils sont allés lécher les pesticides juste parce qu'ils aimaient le maïs, ils ont joué les touristes à Tchernobyl, et ils ont recommencé en piquant une tête dans la Drome. Ont essayé d'ouvrir le micro-ondes en marche pour voir comment ça fait.

Ben ça fait mal.

Heureusement, il y a Amandine, et les avions, je les compte pour elle. Tous les matins, au téléphone j'écoute sa voix enjouée.

– *T'as bien dormi, et les avions, de Blagnac, ils ont décollé ? Tu te rends compte ? C'est fabuleux l'aéronautique. Dès que tu es guérie, on en prend un. On s'en va.*

– *Oui, Amandine mais d'abord, on ira à la maison et je te ferai un bon gratin de pâtes.*

Plus tard on prendra l'avion, un grand.

Il neige à Albi, d'après les infos. Pour mon homme, il « neigeouille ». Si peu. Donc il viendra à Toulouse.

Les flocons sont tombés aussi sur mon estomac, ce matin, vers 5 heures. Aussi lourds que des cailloux.

Plus de pouls, plus de tension, plus rien, la chute et le chaos. Et puis c'est reparti doucement.

Les infirmières m'ont laissé seule. La nuit a fondu. Au rebord de la fenêtre, je me suis tenue. En léger contrebas, une corneille, immobile, sur la plus haute branche du sapin. Un vilain sapin, déplumé, aussi laid que les grues du chantier. Purpan ne cesse de croître.

Seule, j'ai eu peur.

Dans la clarté matinale, j'ai essayé de dessiner l'horizon courbe, les arbres et les immeubles, mais ça n'a rien donné. Alors j'ai esquissé quelques traits de Lena, ses sourcils, ses fossettes, ses yeux. Et je me suis recouchée pour rester un peu plus avec elle.

Ce mardi, le 11 décembre à 8h22.

Pouls 50, c'est mieux. Bien dormi, le corps enroulé sur le côté, tourné vers la fenêtre. Sous l'oreiller j'ai caché le foulard de ma grand-mère que Tatie Do m'a apporté. Je garde aussi à mon poignet le bracelet de Lourdes où j'ai accroché les médailles de la Vierge que Tatie O m'a apportées. Elle prie pour moi et demande conseil à la photo de Tonton Milou, qui s'est noyé dans l'océan, comme s'il pouvait encore tout décider pour les membres de la tribu des Douzal. Cela me console un peu qu'il s'inquiète pour moi.



J'ai même un gourou moderne, à qui j'envoie des SMS, quand je dérape et que la douleur est insupportable. Madame Leucémie nous convertit à toutes les croyances, quand le corps s'emballe et nous fait mal.

La main est sûre ce matin, le tracé sera plus régulier pour écrire ou dessiner.

Dehors, l'horizon est couvert d'un gris voilé, à peine teinté de petites lumières jaunes.

Quelques avions, quelques restes d'étoiles et toujours cette courbe. Grand arc tendu dans le ciel toulousain, une barre de lancement direct vers le sens dessus-dessous.

Des cupidons secouent les bras au nez des avions. Les moteurs ronflent. Et quand les voies sont libres, ils décollent

Un oiseau s'interrompt une demi-seconde, tout près de la fenêtre. Il fait jour.

J'attaque ma seconde période de produits chimiques. Comme un soldat qui part au front.

Je prévois de rester à l'abri dans les tranchées.

8h35, un brouillard anglais recouvre les toits des immeubles et les deux sapins qui font illusion en dessous de ma fenêtre. Les observations météorologiques sont un passe-temps pour au moins 80% des gens. Aujourd'hui je rentre dans la norme.

Mes plaquettes sont à 66 000 ; pas mal pour ce que j'ai.
On est toujours en 2012, le 12/12 à 5h43.

On m'a changée de chambre, plus petite, moins monacale, dommage. J'ai fait un caprice d'enfant, supplié Adrien, l'interne du couloir C. Du coup je perds mon horizon sur la rampe de décollage et sur le sapin déplumé. Voilà, vous m'enlevez mon cadre d'écriture, je ne pourrai plus continuer mon récit. Et puis qui me fera la ponction sternale ? Qui s'occupera de moi ? Faudra expliquer ? La LAL, la chimie qui me fait baisser le cœur, la tension..., les cauchemars...

Ma nouvelle voisine me dit qu'on voit les Pyrénées par temps clair. Je suis côté sud, dans le couloir B. C'est pas mal mais je suis contrariée. Comme je n'ai pas envie de lui parler je m'échappe dans mon bloc-note que je noircis de mes souvenirs.

J'ai 7 ans. En 1967, il est 6 heures du matin, la ferme s'éveille. C'est l'été. Luc n'est pas encore arrivé, alors je peux encore dormir dans sa chambre. Je l'aime bien Luc, mais parfois je suis un tout petit peu jalouse car c'est l'aîné de l'aîné. Il draine derrière lui toute l'aura de son père. Celui qui a réussi, celui qui a fait des études. Milou a profité de son placement au séminaire pour s'instruire. Après il a dit salut à tout le monde. Il n'était pas question qu'il rentre dans les ordres.

Il est parti à Paris dans les Postes, après avoir fait son service militaire en Algérie, comme mon père, et comme tous les hommes de cette génération.

Il a réussi tous les concours.

Et aux vacances de cet été 1967, il est revenu en DS. Cette voiture au museau allongé, entre l'avant d'un avion et le bec du rapace m'a toujours impressionnée. Comparée à la 2 CV, en forme de tortue, de mes parents ou l'Ami 6 de tonton Auguste un monde se creusait.

La première fois, ils sont arrivés de nuit. Chacun d'entre nous, Pépé, Mémé, Tatie Do et moi allions à tour de rôle soulever le rideau à carreaux de la cuisine, pour voir si... Des phares... Au fond du chemin. Le problème avec la DS, c'est qu'elle ne fait aucun bruit. « *Ils arriveront bien, allons au lit* », nous conseillait Mémé. « *Les lits sont faits, ils connaissent le chemin.* »

Et Pépé, de ne rien écouter qui tournait dans la cuisine, tout en soulevant machinalement le béret de la main. On a mangé une assiette de soupe, et on s'est assoupis tous les deux, à côté de la cuisinière. Quelques instants plus tard on était réveillés par la voix aigüe de tonton Milou *« Hé bé, qu'est-ce que vous foutez là, fallait vous coucher »* et de marmonner *« Qu'est-ce qu'ils sont cons ! »*

On avait l'habitude !

Même endormies, nous étions déjà dans les bras l'une de l'autre, pendant que Luc devait porter les sacs à l'intérieur. Après, enveloppée dans une couverture, Cathy était transportée à l'étage, dans notre chambre sur l'évier. Je la rejoindrai un peu plus tard après avoir échangé quelques mots avec son frère. Il était là pour deux mois : deux mois de cabanes dans les arbres, deux mois de cascades en vélo, deux mois entiers à aller au foin, à accompagner le troupeau de vaches dans les champs les plus éloignés qui donnent sur le Viaur.

Cathy restait un peu moins, à mon plus grand regret, car elle suivait ses parents dans le Tarn-et-Garonne, où vit la famille de sa maman. Mais on avait le temps de jouer ensemble quelques semaines.



Il fait un temps clair, je me réveille, je ne suis plus seule. Je n'attends plus personne. La fin du champ est fermée et la DS est toujours garée derrière la bergerie. A côté de moi ma cousine dort, blottie sous les couvertures, même s'il fait bon, la poupée Bella de Noël, contre ses cheveux bruns.

J'ai entendu la porte d'entrée s'ouvrir. J'espère que c'est Pépé qui va à l'étable, car si je pouvais sortir avant de croiser Tonton, ça me ferait un bon démarrage pour la journée. Si je le croise ça va être selon son humeur *« Alors la petite grosse, ça va ? Où tu vas si tôt ? Déjeuner ? »* Je ne vais pas lui dire que j'ai envie de faire pipi ! Alors je baisse la tête. Je cours vers le tas de foin, derrière la grange, en espérant être tranquille. Ensuite, comme une voleuse, je jette un coup d'œil à droite, à gauche, derrière, et en haut, vers la fenêtre de la cuisine. J'écoute aussi, le plus fort possible. Mon eau souillée mousse dans le foin. J'en ai un peu sur les pieds, c'est chaud, pas très agréable. À côté, j'entends les brebis qui s'agitent un peu, elles font comme moi.

Et tenant mon pyjama remonté, je cours à l'étable.

Pépé est déjà à l'œuvre, la tête appuyée contre une vache, il trait. En cadence. Les giclées de lait résonnent dans le seau. La queue de la vache bouge pour chasser les mouches.

Cette année 2012 est bien plus compliquée que les vacances aux Trembles . Je dois faire suivre le pied à perf pour aller aux toilettes. Il est lourd, à cause de la batterie, celle qui contrôle le liquide pour les maux de tête et toutes les poches, de sodium, de magnésium, de vincristine, le tord boyaux.

Je n'ai plus 7 ans, et des responsabilités. Je m'inquiète pour ma poupée, bien vivante.

Elle se lève pour partir au lycée, en prépa lettres. Je m'en veux terriblement.

Elle aurait pu attendre un peu cette leucémie.

J'aurais tellement aimé la soutenir, l'aider dans ses lectures...

Elle est au 7e, comme moi. Allée Charles de Fitte, côté jardin, vue sur la Garonne et les bois flottés qui s'accrochent, à fleur d'eau, sur ses ponts qui rougissent du matin jusqu'au soir. Je bois mon café et toi ? Un chocolat chaud, rempli de cornflakes. Tu es debout dans ta petite cuisine, côté cour. Tu as une vue en plongée sur les autres balcons. Mais tu n'as pas le temps de regarder. Le monde est bien en place chez toi aussi. Papa dort sur le canapé du salon. Victor vient de temps en temps occuper la chambre que ta copine a libérée.

Je l'ai un peu forcé pour qu'il s'occupe de sa petite sœur. Surtout le soir quand elle a peur.

Je dors mieux quand je sais qu'ils sont ensemble.

Je suis au 7e, je te regarde, je veille sur toi : je maintiens les microbes en bas. Lève la tête, c'est plus beau vers les toits.

Le monde est en place, même si mon corps dérape et que mon esprit oscille entre mes 7 et 50 ans.

Demain, viens si tu veux, je te ferai réciter les déclinaisons latines.

Comme ça je mettrai de l'ordre dans ma tête. Et puis, plus tard, je te raconterai... je sais que tu aimes les histoires. La mienne ce n'est pas comme un roman de Jane Austen ou de Joyce, mais bon c'est le siècle dernier, déjà. J'éviterai, autant que je peux, de te dire que c'était mieux avant pour ne pas sombrer dans la nostalgie propre aux êtres devenus fragiles. Juste te raconter la magie des bruits et d'un quotidien si différent du tien. On n'avait pas de salle de bain, pas de toilettes, pas la machine à laver la vaisselle, pourtant c'était agréable et rassurant d'entendre le cliquetis des verres dans la bassine en fer... un joli bruit ...comme une musique... dans le silence du petit matin, qui couvre les prés.

Je suis debout depuis une heure, je me faufile. Invisible, je rêve.

Le soleil prend de la hauteur. La traînée colorée s'étire au dessus de la vieille maison. Accroupie sur le tas de foin bien frais, qui sent les fleurs des champs, et le citron acide, je vois tout : le puits, avec le tas de sable, le muret en pierres, le pilier dans son prolongement, qui ne sert à rien. Un jour, peut-être il y aura un portail. En attendant je m'assois dessus, pour voir la fin du chemin et pour surveiller. Il y a le chat aussi qui me prend la place. Il fait la statue. Ici, pas de nains de jardins, tout est vivant. Le monde, le vrai.

À côté de l'étable, le poulailler. Il faut grimper doucement par un petit escalier en pierres polies. Elles sont lisses avec des creux que je touche pour comprendre comment c'est possible. J'aime bien aller ramasser les œufs. Parfois la poule pondeuse se met à sauter d'un perchoir à l'autre et le coq soulève la paille en sortant comme un voleur.

Mon cousin émerge de sa nuit. J'ai entendu les volets de sa fenêtre. Il dort toujours dans « la chambre de Luc » comme on l'appelait, la seule qui a un balcon, en plein milieu de la façade, au dessus de la porte d'entrée. Maintenant c'est la chambre de Raphaël, le petit garçon de Céline, qui remplit l'espace de ses cris et rires. J'aime bien que les lieux se peuplent à nouveau. Les héritages sont des assurances pour avoir la douce illusion d'exister et garder intactes des images vivantes.

Avant Raphaël, c'était Luc qui s'étirait et baillait dans le lit-bateau.

Il descendait à fond, en short et tee-shirt rouge trop court, car son torse avait grandi plus vite que ses jambes. Ses cheveux bouclés tombaient en désordre sur ses yeux, sombres. Il plissait les yeux, avait l'air content d'aller retrouver le grand-père, à l'étable.





Encore aujourd'hui, je crois qu'il peut me protéger, m'empêcher de tomber. Dans la réalité, il est loin, de l'autre côté de l'océan, à Rio. C'est un camionneur des mers. Il conduit les beaux bateaux des Cariocas qui ont réussi. Il dit qu'il est bien sur l'eau, que les dauphins le suivent et lavent sa tristesse. Il dit aussi qu'il me fera faire une traversée, quand j'irai mieux.

*« En mer, il n'y pas de microbes, pas de virus, l'air est sain, propre. Tu ne risques rien. »*

Tout est en miniature dans les gestes quotidiens. Dans la cabine du bateau, c'est un peu comme ici. Il n'y a pas beaucoup de place pour marcher, et on cherche l'équilibre.

Jambes écartées, torse en avant, pour faire rentrer plus d'air dans les poumons, le Parisien s'adapte. Il marche comme le grand-père.

Je le regarde faire : il détache le collier des vaches, parce que la traite est finie. Pendant ce temps, je porte délicatement le pot à lait à la cuisine. Tous les matins, en toutes saisons, on fait les mêmes gestes : c'est très bien ainsi.

Les vaches, la Marguerite, la Blanquette, la Pommelle et les autres – au total 10 – sortent une à une par la porte. Au passage elles se bousculent et raclent les montants en bois de leur peau tannée. Les charnières grincent un peu, sous le balancement des gros ventres. Leur peau tressaille à cause des mouches. Elles se dirigent vers le chemin, au bout il y a l'appel du pré plus vert, à la Crouzille. Ombré de haies touffues il conserve la fraîcheur de la nuit.

On file à la cuisine, une louche de caillé chocolaté et on part en courant pour suivre le troupeau.

*« Et moi ? Vous m'attendez ? »* C'est Cathy, elle n'est pas prête mais pas question de rater la première promenade de l'été. Elle avale un bout de pain, une bille de chocolat et nous rejoint. En courant sa frange bouge avec vigueur devant ses yeux, et ses narines mettent les voiles ; c'est sa grimace qui nous fait toujours rire.

Derrière le troupeau, pas grand chose à faire. Le vieux Toutou les suit. C'est à peine s'il aboie. Au passage, les haies s'animent d'un piaillement assourdissant. Les hirondelles volettent autour de nous, elles passent comme des avions à réaction et, rentrent dans l'étable, enfin vide, pour donner à manger aux petits. Les nids sont coincés entre les poutres et le plancher du grenier à foin. Parfois un bec s'ouvre en criant. Maman hirondelle lâche un ver, en plein vol.

À la Crouzille, Pépé nous suit, il ferme le clédou. Le troupeau s'éparpille et broute et broute. Après on revient à la maison, Tonton Milou a décidé d'aller au Viaur. Tatie Line prépare un pique-nique au plus vite. On cherche nos maillots de bain, et nos shorts. Se mettre en maillot est pour moi un supplice. Cathy est si petite, si fine. Pas le choix. La DS se soulève : elle nous attend. Dans la descente, j'ai un peu mal au cœur. Il ya beaucoup de virages et je n'ai pas l'habitude de cette voiture aux sièges trop mous. Au village, on roule sur un chemin de terre qui suit la rivière. Les arbres nous couvrent, comme un tunnel.

Sortie habituelle de l'été pour la fraîcheur. On retrouve la petite plage qui sent la vase. C'est là qu'on installe les chaises pliables, la vieille couverture et le panier repas.

*– Allez, on traverse ?*

*– Mmm ! Tu crois ?*

*– Attends, on va faire des pas, avec les gros cailloux mais faudra pas glisser, je passe d'abord, vous suivez les filles ?*

Pas très courageuse, je tente l'aventure, je glisse. À quatre pattes, j'évite les poissons visqueux, mais pas la vase.

*– Dis ? Y a des serpents ? Des aspics ? C'est maman qui m'a dit de faire attention !*

*– Oublie ta mère et avance.* Ça c'est Tonton qui me secoue !

Luc vient me chercher. On est sur l'autre rive. Pas mal de ce côté-ci.

On a pris une ligne, pour pêcher les petits gardons. Frits c'est excellent.

Line et sa maman préparent la poêle trouée sur le réchaud à gaz. À même le sol, la couverture à carreaux – elles sont toutes à carreaux les couvertures de l'époque dans les tons marrons pisseux – avec les assiettes de la maison, et la salade de riz aux œufs.

De poules. Rien à voir avec l'omelette que je mange au 7e.

Pendant que le repas se prépare, Tonton fait les cents pas, le long de la rive. Il mâchouille une herbe.

Il a parfois cet air désabusé des gens pas à leur place, des anciens de la campagne qui n'aiment plus trop la campagne. À la campagne, comme le dit Juan, on s'y emmerde, y'a des moustiques, ça pue la bouse, y a rien à faire. Alors qu'à Paris ou en mer, tout peut arriver.

Cet air là me prévient : ils ne vont pas rester tout l'été.

D'ailleurs, ils ont acheté des tentes. Elles sont montées dans le pré devant la maison. Tonton les amène à la mer. Et même Luc va partir. Les prolétaires restent à quai, les nouveaux bourgeois au large, devant la grande bleue.

Heureusement dimanche prochain, si maman va bien, on ira deux jours à Palavas-Les-Flots. Bleus aussi, avec un grand soleil du sud qui brûle, avec une vraie plage de sable pour faire des digues, des châteaux-forts.

Là-bas, il y a mon autre cousine Mimi. Elle vit à Montpellier. Tonton est facteur, et ma marraine, Tatie O. est la gardienne de la maison.

C'est une grande bâtisse, derrière des murs. Comme dans les livres d'images où il y a des nobles. Le grand porche s'ouvre, et là un jardin couvert de cailloux blancs, avec une fontaine, des petits bosquets, un banc en fer dentelé, et le lavoir où Tatie fait la lessive et arrose les fleurs. Lieu magique pour moi qui suis plus habituée au désordre du jardin des Trembles, avec des poules et les chiens qui grattent les parterres de fleurs.

Avec Mimi, Mimi rieuse, espiègle, on joue à la poupée, on se promène avec nos landaus dans les allées gravillonnées. On joue qu'on est des princesses, pendant que Tatie O. et ma mère préparent la fouace pour le gouter. Ma mère a le sourire, mon père et Tonton discutent tout en bricolant dans l'appentis.

Après, Tatie vient nous brosser les cheveux pour nous prendre en photo.

Jamais tranquille, elle papillonne et vit encore avec l'appareil accrochée au poignet. Et toujours s'excuse en riant.

C'était bien ces moments d'insouciance, bercée par les embruns de la mer et la promesse des châteaux de sable.

Ce vendredi 14 décembre 2012 je me réveille à 8h22, car le ciel est rouge.J'ai bien dormi, sans Lexomil, sans rien. Je n'aime pas trop en prendre parce qu'après on voit les images en noir et blanc. Ce matin le ciel est bariolé de filaments.

Un avion vient de décoller : c'est pour Amandine, Pat, Jo, Faty, Mariette, Sabine, Elise, Julie, Manon... toutes celles qui me tiennent la main, et suivent le fil d'Ariane dans le dédale de la *Maison des feuilles*, au 7e étage de la tour aseptisée.

Je ne sais plus trop où est cette *Maison des feuilles*, mais les haies sont bien là, les murs aussi. Ils sont pleins de vides, de rayures de déchirures. Les fenêtres n'ont pas de vitres, elles ont sauté avec les balles, il y a longtemps. Deux mois sans doute. Les portes ? Pas de porte ! On entre chez moi comme dans un château délabré. Par le cathéter.

Sur le mur je fixe une photo de Juan, celle de la fenêtre en ruine. Des ciels gris et des branches décharnées qui se faufilent dans le vide.

Je tords une branche encore valide pour en faire une canne à pêche, j'accroche un filet de feuilles et Hop une blaste que j'envoie balader de l'autre côté, dans la 4e dimension. À la « russe ».

C'est un travail très minutieux, qui demande de l'adresse, moi qui n'en ai jamais eue.

Au 7e on se débrouille comme on peut.

À 15 ans, aussi.

Mon espace de liberté mesure à peine 50 m², c'est mon jardin, rue des Sources. Une petite maison que mon père avait achetée pour bricoler et passer les vacances. Quand mon petit frère aux yeux bridés des steppes mongoles est né, on a déménagé. On a quitté l'appartement trop petit de la rue de la Barrière pour s'installer dans le village familial à quelques kilomètres des Trembles. Au début je me sens à l'étroit dans ces ruelles qui tournent autour du clocher et sans doute à cause des bigotes qui se cachent derrière les rideaux à carreaux. Je les vois faire car je m'assois souvent contre la statue de saint Pierre, au centre de la place. En été les marches gardent la chaleur, et sa stature offre un parasol idéal. Là je lis. Parfois Etienne me rejoint et on parle de nos lectures. Il vient tous les étés chez sa grand-mère. C'est un peu grâce à lui que j'aime lire. Sa grand-mère, c'est dommage, elle est un peu sorcière, enfin c'est comme ça que je la vois. Elle aime les géraniums. Y'en a plein devant sa porte. Je trouve que c'est suspect de préférer les plantes en pots aux humains, aux herbes sauvages, aux animaux. Elle ne m'aime pas. Je « rôde » avec son fils dans les chemins, je porte des shorts trop courts, des cheveux longs, mal coiffés. En plus mes nouveaux copains sur leurs mobylettes font du bruit, sur la place.

Pour faire jaser les curieuses des fenêtres, je ne change rien. Je continue à aller m'asseoir aux pieds du saint. Il m'a donné la clef des livres et la répulsion pour la bêtise.

Un été, on m'a interdit de voir Etienne. On a pu communiquer seulement par lettres qu'on cachait dans le creux d'un gros chêne.

Étrangère dans le village de mes ancêtres, cet été-là, je ne comprends rien. Cet été-là naissent des révoltes et des rancœurs que je couche maladroitement sur mes cahiers.

En fin de journée, derrière la petite maison qui sent le salpêtre, je sors dans le jardin. Sur la jolie table en bois que mon père a fabriquée avec des palettes, j'ouvre mon journal et, avec le stylo plume à encre bleue, je fais le point sur la journée.

Les rayons du couchant glissent sur les potagers. Au loin, les arbres centenaires du château et sur mes genoux mon cahier rouge A4 dans lequel se dessine un monde tourmenté, maladroit où se mêlent les coups de foudre, les coups de gueule qui ne sortiront jamais, les blessures anciennes, les petites joies face aux petits progrès de mon frère. Il a marché à quatre pattes aujourd'hui. Ce matin, au cours d'une promenade en poussette, il a tourné la tête quand un oiseau l'a frôlé. Cette nuit il a mal dormi. Maman est à Cayssiols, pour une cure de sommeil. Papa se lève à 1 heure du matin. Comment je fais demain ? Tatie Do, au secours ?

Et effectivement elle est là, elle le garde. Je peux prendre mon bus pour aller en cours.

Mon journal rouge – le second sera bleu – s'accommode de tout : des hyperboles inutiles, des adverbes prétentieux, des fautes, des phrases trop longues et de ce monde qui ne me sourit pas toujours. Le soir, Papa rentre tard, il passe voir maman. Quand j'ai le temps de l'accompagner j'en crève.

*– Pourquoi vous me laissez là ? Je ne suis pas folle ? Hein ? Et Vincent ? Il fait des progrès ? Il n'est pas trisomique ? Hein ? Ce sont tous les cachets que j'ai pris ? Il va aller mieux ?*

*– Je ne sais pas Maman, repose-toi, ne t'énerve pas...*

*– Tu vois : toi aussi tu me crois folle, je-ne-suis pas é-n-errr-vée...*

L'infirmière vient la chercher : sa mâchoire se crispe, ses poings aussi.

On monte dans la 2CV comme si c'était la fin du monde.

Vincent nous attend, il mange comme un grand, l'œuf au plat et les frites en face de sa jolie cousine Virginie. Elle a le même âge que lui. Et des boucles blondes à foison qui tombent sur ses yeux bleus.

Les joues de mon petit frère sont barbouillées de jaune. À peine la porte ouverte, il nous sourit.

*– Pardon petit frère.*
*– Tu es ma sœur. Quand même.*
*– Oui je suis ta grande sœur.*
*– Toujours.*

Même si je t'abandonnerai un jour... quand j'irai à l'université.

Dans le rétroviseur de la voiture qui me conduit à la gare, tous les dimanches soirs je vois sa petite main et sa moue quand il se force à sourire.

Depuis que je suis malade je sais bien qu'il est triste. Il veut même me faire un don de moelle. Ma mère, elle ne lui explique pas tout, et puis elle croit qu'elle peut me soigner avec de la gelée royale et une bonne soupe.

Elle ne vient pas me voir.
M'appelle tous les jours.
Toujours le matin.
*– Tu te rends compte ce qui m'arrive ?*
La mort de ton père
Ton frère, comme ça
Et toi, maintenant
*– Tu ne veux pas venir me voir ? En taxi ? Je sais bien que tu ne peux pas prendre le train...*
*– C'est trop cher.*
Ah si ton père était là...

Je ne pèse pas bien lourd.

Les nuits suivantes sont peuplées de cauchemars, de fantômes. Pour les fantômes, Juan me conseille d'être polie avec eux et de leur dire bonjour. Je l'écoute mais ça ne marche pas trop.





Toutes les heures j'ouvre un œil pour voir si tout est à sa place : cathéter, fils détendus, téléphone portable, livres. J'ai dormi en boule sur le côté droit, tournée vers la fenêtre et dans ma main gauche, le drap, en boule aussi. Les faux cheveux arrangés sur le présentoir me regardent. Le commercial m'a bien eue.

- *Vous verrez,*
- *vous vous habituerez,*
- *et puis ça vous va bien.*
- *600 euros et même pas remboursés par la Sécu.*

Mais bon ! Même les morts on les maquille. Être présentable ça sauve.

Juste du ridicule.

J'ai rêvé. Un peu. Quelques secondes, avec ma perruque, aux falaises du Cap Blanc-Nez. Elle s'est envolée. Une mouette sympa, parce que c'est toujours sympa, les mouettes, me l'a ramenée. Ça tombait bien je l'avais eue comme élève au Lycée Cazin. Elle m'a reconnue. Elle n'avait pas eu son CAP de coiffure. Elle n'avait pas pu le retenter : un bébé dans le ventre, pas le temps...Elle a reposé la perruque. À l'envers, sur ma tête.

Le Cap Blanc-Nez s'effrite un peu, alors il faut que je me dépêche de remonter sur le chemin balisé.

Les bébés mouettes attendent le poisson frais et les frites des touristes. Ils rigolent aussi, en me voyant.

– *T'es fin prêt' pour Carnaval !*

– *Vintiu, qué têt' euqu' t'as !*

C'est Jean-Paul qui s'marre. Derrière lui suivent les rires stridents de Françoise et d'Amélie. Tous les bruits se mélangent aux piaillements des milliers d'oiseaux, au souffle puissant des vagues et du vent.

En contrebas, Mini Douls, c'est le surnom de ma fille en Côte d'Opale, remonte vers moi en riant.

– *Oh maman, quelle tête !*

La houle vient heurter les rochers, elle fait vibrer mes tympans en jouant quelques notes.

Il faut s'accrocher pour rester debout sur ces « Terres du dessus », mais c'est moins dur qu'au 7e.

Dans le couloir, un grand fracas : c'est Myriam, l'aide-soignante qui vient de faire tomber une pile de bols. Ce n'est pas son jour, elle a fait brûler le chauffe-plats, aussi. Aujourd'hui on aura droit aux micro-ondes. Pas top pour ceux qui se tapent aussi la radiothérapie.

J'ouvre les yeux, une traînée rouge coupe le ciel au tiers du rectangle de la baie. Les deux tiers drainent des estafilades grises sur un bleu pâle. Je prends l'habitude de mesurer les choses, je n'ai rien d'autres à faire et puis c'est bien pour les proportions du monde.

Dans ce matin qui arrive, quelques traits de lumière traversent le ciel, ce sont les avions d'Amandine.

En remontant le lit par les boutons magiques, j'aperçois les immeubles, gris aussi. De mon 7e c'est comme un tracé d'enfants qui dessinent un château-fort. Ça ressemble à celui de mon petit cousin Ed, il doit s'ennuyer, alors il monte de hautes murailles colorées pour se protéger de sa leucémie. LAL, lui aussi. Lui aussi il est à l'hôpital. À Montpellier.

Il m'envoie des dessins, je lui envoie les miens. C'est mon fil d'Ariane, quand il va mieux je me dis que c'est bon signe.

Mais je ne comprends toujours pas pourquoi on est là, emprisonnés dans des corps qui s'affaiblissent, pour une banale histoire de sang.

Encore un jour, encore un jour, ce dimanche 16 décembre, 9h48, le soleil est déjà haut dans le ciel, comme un jour d'été sur la plage. Aujourd'hui je reçois la dernière fiole du premier protocole de destruction massive. Je vais, paraît-il commencer à être un peu plus fatiguée. Ça me fera des vacances : je dormirai. C'est ma voisine qui sera contente. Elle est agacée par ma voix, par mes visites, par mon agitation. Normal, la promiscuité dans la maladie, ce n'est pas ce qu'il y a de mieux surtout dans une chambre qui mesure à peine 20m$^2$. Rajoutez à tout cela les gargouillis du corps blessé par les médicaments, et c'est la crise de nerfs. Imaginez aussi les odeurs : les odeurs des repas sous Cellophane : poissons, omelettes lyophilisées, confitures acides du matin…, même les haricots verts puent. Il est impératif que les milieux hospitaliers se penchent sur la question culinaire. Le moral : 50 % de guérison, le goût ferait peut-être le reste. Les repas sont notre rythme, notre repère journalier : comme les petits vieux dans les maisons de retraite, on attend l'arrivée des filles, d'abord elles sont adorables, elles nous parlent, ensuite elles nous apportent le plateau.

J'ai la nausée.





C'est aussi pour oublier ce mal au cœur, que sans cesse, je pars à reculons. Je ne peux rien avaler sauf les repas de ma mémoire.

– *On se fait un œuf au plat : d'accord ?*

Avec mon père, quand on est pressé on se fait ça. On prend une bonne tranche de pain de campagne qu'on arrose de quelques gouttes de vinaigre, et quand l'œuf est à peine cuit on le dépose dessus. Il faut que l'œuf soit très frais, avec un jaune soutenu, presque orangé, qu'on ne trouve plus à l'heure actuelle. C'est l'œuf de la poule, de celle qui n'a pas peur de stocker dans son gésier des petits cailloux et des coquilles d'œufs. Ainsi l'enveloppe est bien dure, calcifiée. Après on mange aussi la poule, et notamment le gésier et le foie que j'aime particulièrement bien cuits dans un bouillon. De poule. Par contre je ne l'aime pas farcie, trop d'ail. Dont mon père raffole. En général, je sors de table et je vais manger dans le salon. Pareil quand il passe au dessert et qu'il sort le roquefort

Papillon, du frigo. Je ne comprends pas pourquoi « Papillon ». Les mouches ? Les taches de bleu ?

Pour un Aveyronnais de la montagne, c'est normal qu'il apprécie ce fromage.

Quand on monte dans le Lévézou c'est pour moi un grand voyage et quelques heures à rêver. Je suis impatiente qu'il démarre la 2CV et qu'il ait fini de rouler sa cigarette avant d'emprunter la route de Ségur, qui frôle les grands causses ou, celle plus sinueuse de Pont-de-Salars.

Plus loin, Le Fau, Les Donhes Hautes, Les Donhes Basses. Dans le désordre, ce qui ne m'empêche pas d'avoir dans les recoins de ma peau, à certains virages, une bâtisse qui s'impose comme un mur de protection. La voiture ralentit. Mon père, fier de nous montrer son pays lance en passant un...

– *Tiens c'est un cousin, qui habitait là, un Douls.*

Sur la banquette arrière, légèrement de côté, je n'en perds pas un morceau, de cette petite route. Le paysage change vite, les bas-côtés s'éclaircissent, les genêts remplacent les sous-bois et les feuillus verdoyants qu'on trouve plus bas, vers la vallée du Tarn.

La 2 CV tangue comme un bateau, et nos coudes, à chaque virage, reçoivent un coup de vitres. La voiture, avec ses ailes de papillon accrochées aux portières m'amuse plus qu'un tour de manège.

Mon père sifflote, dans le vide-poche il a posé l'harmonica.

Il est encore tôt, ma mère est calme.

Ça ne dure jamais très longtemps.

Mon père est né du côté de Saint-Léons, pas loin de Micropolis. C'est un pays aride et plein de charme, un coin qui se mérite.

Les troupeaux de brebis sont ceux du Cantique des Cantiques. Ils montent à l'abreuvoir, en rangs serrés, blancs sur les pierres blanches, qui dégringolent un peu. Avec Jeanne, ma cousine de la montagne, on les accompagne jusqu'au plateau de Vernières. On emprunte un petit chemin derrière le hameau. Ça grimpe fort, enfin je crois. Et là-haut, c'est un horizon jaune, vert et bleu de genêts et de bruyères aux parfums sauvages, qui couvrent à peine ceux, plus entêtants, des brebis.

Là-haut c'est comme un autre monde qui plonge sur les versants du Massif central. Comme dans la lande sauvage, l'herbe est plus sèche, plus acide que partout ailleurs, parsemée dans les espaces que les pierres ont bien voulu lui céder.

On monte aussi avec Jean-Pierre et Francine, les plus grands. Jean-Pierre sourit tout le temps et nous fait des blagues. Il n'aime pas l'école, et préfère conduire le troupeau sur ses chemins cristallins.

Avec Jeanne, on fait pas mal de bêtises. On aime bien aller récupérer les œufs dans la paille.

Plutôt que de les ranger dans le panier, on les jette contre le mur.

Je ne sais pas pourquoi, personne ne nous gronde.

Le corps de ferme est un havre de paix : on y pénètre par un grand porche d'au moins trois mètres de haut. Le bois est gris clair, avec des rainures légères, bleutées. Il s'ouvre sur une cour rectangulaire, ceinturée de murs. Le sol est pavé de pierres polies par l'érosion ; quand on passe la main sur leur surface, c'est lisse comme un crâne d'enfant.



L'habitat et les étables sont moulés dans la même structure massive : cave, rangement, porcherie, maison des dindons et des poules s'alignent sur plusieurs mètres, jusqu'aux prairies arrondies.

On joue souvent dans les maisons des animaux : on joue à l'école. Les animaux sont nos élèves et les poules nos souffre-douleur. Notre grand jeu : les attraper par les plumes de la queue, leur faire faire l'avion, et les reposer au sol. Elles s'en vont en chancelant et nous écroulées de rire.

La fin de journée, c'est la dînette au pied du noisetier. On fait des mixtures avec de la terre, de l'herbe, des feuilles de salade et un peu d'eau pour faire une pâte. Tout cela dans des bols en fer : on touille avec une fourchette, jusqu'à faire crisser les dents.

Quand même on préfère les noisettes fraîches.

Après on termine la journée par des roulades dans le champ en pente, fraîchement moissonné. On a participé et rassemblé les bottes de paille. C'est plus facile pour les envoyer sur la charrette, d'un coup de fourche.

Nos jambes sont couvertes de traits rouges. En short ça pique mais on roule vite, en riant, le ciel tourne et la lune avec.

Au-dessus de nous, mais pas trop, car elle est petite, Mémé Marthe, nous surveille. Elle se tient droite contre le barbelé. D'un côté les brebis qui profitent de la fraîcheur, de l'autre les quatre petits-enfants.

Elle a une drôle de tête cette Mémé. Sur les yeux on dirait qu'elle a tiré des petits rideaux, elle me fait penser à un pékinois.

Elle dit que le plus beau c'était son mari. Je ne l'ai pas connu, il est mort quand mon père avait 20 ans – comme moi quand mon père est mort. Alors j'ai peur de mourir aussi. Mon fils a à peine plus de 20 ans.



Mémé Marthe reste souvent assise près de la fenêtre, côté route. Elle colle ses pieds à côté de la cuisinière émaillée de blanc. C'est la même qu'aux Trembles, mais il n'y pas tout à fait les mêmes odeurs, et la même lumière. Les fenêtres sont plus petites et les murs plus hauts. On sent aussi le lait de brebis qui transpire à travers la porte de la souillarde.

Comme il y a moins de chambres je dors avec Mémé. Au grenier. Quand elle se met au lit je vois le dessous de ses pieds. Ils sont noirs, vraiment noirs. Avec Jeanne, on se moque un peu d'elle et de cette aversion pour l'eau. Elle vient parfois chez nous, à la ville, alors ma mère se met en colère pour qu'elle se lave.

Peu m'importe, j'aime bien dormir au grenier. Enfin, on dort dans une chambre minuscule. Pour y arriver, on traverse la grande pièce, remplie de linge qui sèche, de paniers, d'ustensiles disparates.

C'est une chambre peinte en bleu pâle. Sur le pan de mur droit un lit-bateau recouvert d'un édredon énorme et de gros coussins. Mémé dort presque assise. Et en bout de lit, une petite fenêtre, ratatinée dans l'épaisseur des murs. Cette lucarne donne sur la cour intérieure, de là je peux voir tout le hameau et les beaux toits de lauze.

Je n'ai jamais peur dans cette maison, comme aux Trembles. Sauf une nuit. Un voisin, alcoolique et violent je crois, qu'on appelait le polack, a poursuivi sa fille à travers champ. La pauvre malheureuse voulait s'enfuir. Tout le monde a cru qu'il la tuerait. Je ne connais pas la fin de l'histoire mais pendant longtemps j'ai revu la scène, et cru entendre les gémissements de cette fille.

Mes cousines en sourient encore et cela fait partie des histoires du hameau, qu'elles me racontent au téléphone, pour me distraire.

Tu reviendras aux Franquaises, quand tu iras mieux. On ira se promener au chemin de Vernières. Là-haut, rien n'a changé. Il y a plein de genêts qui fleurissent en ce moment et toujours les brebis. Le troupeau s'est agrandi, c'est le fils de Jean-Pierre qui reprend la ferme.

Comment il va mon cousin ?

Mmm moyen.

Assise sur le rebord de mon lit, je bois un café à l'eau et je mordille sans conviction un petit beurre. Le bloc-notes est ouvert, je relis les quelques lignes consacrées à ma famille de la montagne.

N'oublier personne, avoir le temps. Eux ne m'abandonnent pas.

Ce 17 décembre, je n'ai pas de visite. En attendant le passage des infirmières, j'approche le téléphone de la table à roulettes.

Didou, un autre cousin qui vit dans un hameau voisin des Franquaises, m'appelle. Presque tous les matins j'écoute sa voix qui me fait du bien.

– *Ne t'inquiète pas, tu vas y arriver... on refera un repas de famille sous le hangar. L'été prochain.*

Mais je m'inquiète un peu pour lui. Dans ses champs il répand des pesticides...

Quand j'essaie de le convaincre, il me dit qu'il n'a pas le choix, que de toute façon c'est très dilué. Comme la part que la banque et les multinationales laissent à tous les nouveaux agriculteurs. Comme les arbres et les fleurs, qui ne savent plus où s'accrocher.

Je lui réponds que j'aimerais bien qu'il me croie et puis... il faut préserver ce nom de famille, si doux. On n'est plus très nombreux dans la tribu des Douls.

Plus tard, l'infirmière arrive avec la vincristine, je vais encore avoir mal au ventre.

Plus tard c'est ma mère qui m'appelle.

*– Ton frère ne se lève pas.*

*– Tu te rends compte ? À 4 h de l'après-midi... Il n'a rien mangé...*

*– C'est pas grave... Moi non plus...*

Encore un mauvais jour. Le 17, au 7$^{e}$ étage d'un jour semblable aux autres. Je n'aime pas les chiffres impairs. Et je n'aime pas non plus cette année 2012, je n'aime pas les nombres, les chiffres, les statistiques, les pourcentages de crabes. La chimio ne fait pas bien son boulot, enfin pas autant que ce que les médecins attendaient. J'aime pas la chimie, je n'aime que le vent, les nuages, le bio… Il eût fallu que je m'habitue plus tôt aux poisons, respirer du Roundup, bouffer des salades lyophilisées, mettre ma tête dans le micro-ondes, manger au MacDo au moins une fois par semaine, aller casser la gueule au moustachu du Larzac, aider les apprentis sorciers, banquiers, chercheurs, scientifiques, pour que les OGM envahissent nos champs, respirer la fumée des pots d'échappement… Et là, peut-être que les poches de produits auraient fait leur boulot, par habitude. Et merde !

Quand on est en colère on n'écrit rien de bon… Éventuellement quelques banalités, alors il ne reste plus grand-chose pour occuper son esprit.

Regarder les bulles, les compter, triturer le foulard tacheté de bleu de ma grand-mère.

Je bouge mes jambes, mécaniquement.

Elles frottent le drap. Tantôt dedans tantôt dehors je ne vois que mes pieds et mes mains.

Aujourd'hui j'ai envie de tout casser.

Je sais que je n'échapperai pas à la greffe de moelle. La grande dame me l'a dit. Je crois que c'est gluant, visqueux, et blanc cassé.

Je le sais car aux Trembles, on en mangeait.

Le dimanche.

Mémé a préparé un pot-au-feu de bœuf. La viande est tendre comme du beurre. Accompagnée de pommes de terre et mayonnaise, c'est délicieux.

Dommage qu'il y ait des bruits de succion, il y en a toujours un qui ronge son os à moelle.

Mon père, pour agacer la compagnie, sort son Laguiole et gratte la nappe, en sifflotant. Toujours. Il fait exprès d'y faire des entailles qu'il rebouche avec des miettes de pain.

– *Pourquoi vous faites ça ? Gronde Mémé.*

Il fait claquer ses bretelles sur sa bedaine remplie, boit un coup de rouge, et plisse les yeux.

Il ne parle jamais trop, a l'air de se moquer de tout mais je sais bien qu'il pleure en cachette.

Je ne saurais jamais si mes parents étaient bien ensemble. Sauf depuis qu'il est mort, ça fait d'ailleurs un sacré bail qu'ils s'aiment puisqu'il nous a quittés en 1981, quelques mois après l'élection de Mitterrand.

D'ailleurs quand il a été élu, j'ai vu mon père aller au garage et klaxonner. Le village avait pris des airs de fête de 14 juillet.

Un nouveau monde.

C'est à cette période que ma vie a basculé.

En décembre, avant la fête du 1er de l'an, mon père est mort. Je ne sais toujours pas comment.

Il faut que j'apprenne à marcher, toute seule. L'hôpital m'a donné congé puisque les crabes sont enfin redescendus à moins de 5 %. Je suis rentrée chez moi.

Je rumine, allongée sur mon canapé du salon. Tout effort est une épreuve.

Juan vient me voir, il me donne des nouvelles du Lycée et m'apporte des livres. J'ai un peu honte de moi. Ma conversation tourne autour de ma météo sanguine. Un peu, je lui parle du roman que j'écris. Je m'excuse aussi de ne ressembler à rien, si ce n'est à une tête d'œuf. La perruque, je ne la supporte pas, alors je me protège du froid avec cet immonde bonnet en coton, mauve.

Tatie Lorette, ma belle-sœur, vient tous les matins, comme les infirmières. Elle m'apporte de bons gratins que je goûte à peine.

– *Mange, ça te donnera des forces*

– *Non ! T'inquiète pas, ce n'est pas grave, ton frère les mangera.*

Philippe c'est toujours le petit-frère, le petit dernier sur qui elle veille autant que sur moi.

Après elle traque la poussière dans tous les recoins, à coups de chiffon et d'aspirateur. C'est bien, cela me distrait et me rassure.

Parfois elle est en colère contre moi. Je crois qu'elle s'inquiète pour ma santé. Elle est persuadée qu'il faut manger pour guérir, elle aussi.

Les infirmières viennent tous les jours pour refaire le pansement, les contrôles de mon sang, elles m'injectent du granocyte.

Ça fait monter les blancs, comme elles disent. Mais ça fait un mal de chien dans les os.

J'ai la photo de mon père sous mes yeux. Je l'ai accrochée au dessus de la télévision, peut-être qu'il peut m'aider ? Il tient Vincent sur les genoux. Il est fier d'avoir un garçon.

C'est dommage, il aurait pu lui apprendre à travailler le bois, à pêcher dans le Viaur, à conduire le camion. Ça lui aurait plu.

Et si je n'avais pas eu peur, ce jour-là dans cette chambre, à la clinique Saint-Louis, à Rodez, je l'aurais peut-être sauvé. J'aurais dit aux médecins, qu'on ne le touche pas... que, de son oreille, sortait du sang...

Je suis restée sur le seuil de la porte, loin du lit où mon père dormait. Tout autour, j'entendais les discussions de la famille, réunie au grand complet. Il faut dire que c'est un accident... de travail. Pour qu'elle ait de quoi... vivre...

Il faut.

Il faut toujours écouter, pas faire de bruit, pas faire de poussière, frotter les meubles pour que ça brille.

Mes copines aussi ont balayé, récuré la maison. Elles ont même enlevé les rideaux. C'est un salon art déco, sans chats, sans livres, sans tapis. Elles ont bien suivi les consignes du médecin.

Les nuits qui suivent sont dérangées par des cauchemars, des colères, des douleurs.

La rage me réveille, ma mère aussi qui ne vient pas me voir.

Et toujours ses plaintes au téléphone...

*– Tu vois, si ton père était là... tu ne veux pas venir... ? Je te soignerai moi... Je te préparerai de la bonne soupe... Il faut que tu prennes de la gelée royale...de la levure de bière...pour la flore...*

*– Si tu savais comment je m'en fiche de mes intestins ! Et puis...*

JE NE PEUX PAS JE SUIS EN APLASIE

*– C'est quoi la plasie ? Tu crois que ce n'est pas propre chez moi ?*

*– J'en connais d'autres qui s'en sortent avec des huiles essentielles, j'irai à* « Nature », *me renseigner. Et puis à force de tout désinfecter, vous les jeunes...*

Je n'ai plus la force de crier.

Il faut bien choisir son entourage quand on est malade car on vous assène des il faut à chaque virgule.

1. Il faut être courageux, on guérit plus vite.
2. Il faut bouger, ne pas rester sur le canapé
3. Il faut se forcer à manger, forcer forcer...

Et J'en connais qui...

NON !



Plus rien ne passe, ni les aliments, ni les conseils que je crache dans les toilettes.

Je sais que je vais bientôt repartir pour un autre séjour au 7e. Il faudra mettre le masque canard, dans l'ambulance. Seule – Philippe travaille – je trouve le trajet interminable.

Chaque fois les ambulanciers viennent me chercher très tôt. Il fait froid et je n'ai plus de forces. En plus même avec la sirène, et leurs habitudes de la route, ils trouvent le moyen de se retrouver dans les embouteillages légendaires du périphérique toulousain. Sous mon masque canard la colère monte.

Un bel avion, un A 320 tout blanc, quitte Toulouse. Dans le ciel, des signes. L'homme en voit partout il les invente pour donner une unité à sa vie. Il trace souvent des ronds, des pleins et des déliés qu'il préfère aux lignes droites, car elles partent dans le vide.

Hier matin j'étais encore en liberté, provisoire. J'ai écouté la radio. Je ne suis pas beaucoup sortie, il faisait un peu froid.

L'après-midi on est allé boire le café chez Pat. J'ai admiré sa nouvelle cuisine toute blanche, ses murs qu'elle a repeints en gris ciel d'orage.

Les intérieurs sont des bulles de protection, les cuisines des lieux d'espoir.

Ici au 7e, c'est blanc aussi. Et l'espoir je le cherche dans les résultats d'analyse, ou dans les yeux bienveillants des infirmières. Je m'accroche à l'instant, à quelques peintures que Claudie m'incite à faire. Penchée sur les modèles japonais, je m'applique. Je grimpe le Mont Fuji, à coups de crayons maladroits.

Dans cette chambre 714, par moments je me sens presque bien.

Et puis cette fois-ci, c'est je crois, la dernière escalade. La dernière ponction avant le grand voyage.

D'habitude, c'est Adrien qui s'y colle. Là c'est Nouzha. Elle a l'air gentille mais j'ai peur. Je respire sous le masque à oxygène. Après je pleure pendant une heure.

Elle m'annonce que je vais pouvoir rentrer chez moi. Déjà ? Je ne suis restée que 5 jours.

J'ai envie de lui faire une bise. Je vais pouvoir fêter Pâques avec mes enfants et manger des œufs en chocolat.

Je laisse ma voisine, Marina. On s'entend bien. Elle aussi, elle se prépare à la greffe. Comme moi, elle a peur.

Alors, pour se donner du courage on parle de ses origines espagnoles, de l'Andalousie, de l'embrasement des bougainvilliers, sur fond bleu.

J'entrouvre la porte des rêves, même si j'ai la nausée.

– *Allez, je vous laisse trois minutes pour faire votre sac, on va refaire le lit pour la patiente qui attend dans la salle des familles.*





La fille de salle me bouscule gentiment, les places manquent.

– *Au revoir Marina, à bientôt dans la bulle.*

On s'enverra des SMS.

Avant de partir, on me fait visiter le secteur protégé. On m'a déjà expliqué mais ce que je vois dépasse mon imagination.

Séparée par une simple vitre, j'ai du mal à regarder ces humains allongés dans leur lit. Ils, elles, se ressemblent tous.

Elles, ils fixent une image que je ne vois pas.

C'est la cellule de la dernière chance, celle où je vais dire adieu à ma moelle. Ce n'est pas que j'y tiens tant que ça, à ma moelle, mais bon on s'attache, après 52 ans de vie commune.

En cadeau, ils ont trouvé sur le fichier, celle d'un belge, Monsieur l'Anonyme. On est compatibles... et on a le même groupe sanguin, O+. Je me rassure comme je peux avec ce signe positif.

Est-ce que ça va changer mes goûts ? Est-ce j'aurais des envies de moules frites ? Je ne vais pas mourir si on éradique toutes mes cellules ? Et après ? Vais-je rêver des grandes étendues brumeuses, de Bruges, de la mer du Nord, là-bas ?

Je ne sais plus si j'ai eu raison de signer le protocole.

À la maison j'ai eu un peu de temps pour réfléchir. Une psychologue est venue me voir plusieurs fois. Elle travaille auprès des malades en fin de vie. J'aurais préféré qu'elle se dispense de cette information. Avec elle j'apprends à stimuler mon imagination, pour quand ce sera trop dur, dans la bulle. Elle pratique la méthode de l'EMDR (Eye Movement Desensitization and Reprocessing), utilisée pour les grands traumatismes.

Pensez à une lumière, un endroit apaisant, doux.

Sans réfléchir, je choisis la belle plage blonde du Touquet, ses couleurs ouatées. Je marche sur le sable mouillé et disparais dans la brume cotonneuse. Dans ce bout du monde.

Elle balance son doigt devant mes yeux, au rythme d'une pendule. J'ai envie de dormir pour ne plus penser à rien. M'éloigner de moi, de mes souvenirs.

Pour accepter la bulle, il vaut mieux laisser les habits devant la porte, secouer les blessures, être nue de toutes douleurs.

J'ai quand même préparé quelques affaires, un Kindle rempli de romans et poèmes par mon copain Juan, un petit ordinateur, qu'il m'a prêté, deux CD de Bruce Springsteen. Rien de plus. C'est bien d'avoir quelques compagnons de solitudes.

Allez on y va...

Tout en grimpant dans la voiture, je jette un dernier coup d'œil au jardin, mes saules sont couverts d'un feuillage vert tendre, et les lilas sont en bourgeons. Cette année, je ne verrai pas les gros bouquets mauves.

Le 26 juin 2013, en début d'après-midi, je dis au revoir à mon mari. Tout à l'heure je le verrai, de l'autre côté, derrière la vitre.

On me fait passer par différents sas : la douche d'abord où je dois me badigeonner de rouge, et puis l'entrée dans l'espace des soignants. On me donne un pyjama rêche et raide qui tient tout seul, chauffé aux lavages à 100 degrés, sans doute.

Et puis... je rentre dans l'espace ultra stérile, dans la tribu des « Gollums ». Dans l'une des bulles, je devine Marina, elle dort.

Devant mon box je marque un temps d'arrêt. Allez, faut y aller. L'aide-soignante m'enlève la charlotte, les chaussons et la blouse en papier.

– *Installez-vous je vais revenir pour vous brancher...*

– *Et mes CD, mon kindle, mon ordinateur, mon téléphone ?*

– *Votre mari me les a donnés, je vais les désinfecter...*

Je cherche son visage, il m'attend dans le couloir des visiteurs, de l'autre côté de la vitre.

J'ai signé pour une quarantaine de jours de solitudes profondes, protégée de tout sauf du bruit infernal du train qui ne s'arrête pas aux gares, de la peur et des douleurs.

C'est un voyage immobile au 7e étage, côté ville et vue sur l'atterrissage des avions. La chambre fait environ 10 $m^2$, avec un fauteuil-toilettes, un lavabo, une glace, une commode en fer et un lit, étroit, collé à la vitre, côté salle de soins.

De là je vois le va-et-vient des soignants.

Tout en branchant les multiples fils à mon cathéter, l'infirmière me dit que tout va bien se passer. Elle parle fort pour couvrir le ronronnement infernal de l'air pulsé qui protège l'entrée des microbes.

– *Vous ferez du vélo un peu tous les jours, il ne faut pas perdre les muscles.*

– *Vous avez le téléphone, là au coin. Quand vous le débrancherez, vous pourrez parler à votre mari...*

– *Quand le conditionnement sera terminé, on vous placera la sonde gastrique.*

– *Ah bon... j'avais dit que je n'en voulais pas.*

– *Si, c'est mieux et Madame B préfère.*

Madame B, c'est le médecin responsable de la greffe, qui me surveillera pendant cette période.

– *Vous pouvez aussi mettre des boules Quies, si le bruit vous gêne trop. Vous verrez, on s'habitue.*

Elle me crie dans les oreilles, comme si elle me grondait. Pourtant son regard est doux. Sa voix couvre à peine le ronflement de la machinerie.

Je regarde le ciel toulousain, un avion arrive dans mon champ de vision.

Il y a une heure, mon homme était encore là, assis dans le couloir, les mots fléchés sur les genoux et le mouchoir dans la main, lui qui ne pleure jamais.

Je me sens tout à coup très seule.

Je n'ai jamais aimé le train, on ne maîtrise pas les arrêts. Et puis il y a toujours ces adieux sur les quais.

Pourtant j'aurais dû m'y habituer. Quand j'étais étudiante, je le prenais tous les dimanches soir pour aller à Toulouse.

Mon père me laissait sur le quai.

À côté, mon frère qui me regardait partir.

T'es ma sœur, quand même...

Oui toujours, même quand je ne suis pas là.

C'était un peu l'inconnu, j'étais habituée aux petites villes et villages alors Toulouse, au début c'était un peu trop grand.

Et puis, j'abandonnais ma mère.

C'était pourtant une question de survie.

Un horizon couleur briques roses s'offrait à mes yeux, quand enfin, je descendais du train, à la gare Matabiau.

Là-bas, tous les rêves sont permis, les rencontres éphémères qui ne laissent aucun regret, juste des sourires et les contours flous d'un prince charmant. Il n'est jamais à côté de vous, dans ces solitudes blondes, perdue dans la cohue du 148 qui me conduit au Mirail. Pourtant quand on ferme les yeux, il est là.

Pour une première nuit, je suis étonnée d'avoir bien dormi, dans le bruit de la soufflerie. Quelques médicaments ont agrémenté mon petit déjeuner.

– *Il faut s'alimenter Madame... Tous les autres, ils mangent.*

Marina est à 2 box du mien, on ne peut pas se rendre visite alors on s'envoie des messages. Elle s'ennuie, et elle ne mange rien. La bulle est remplie de mensonges, il faut rester vigilant.

L'infirmière du matin m'a réveillée de bonne heure. Je dois partir à la séance de radiothérapie, c'est moi qui ai le rôle principal, dans le micro-ondes.

Je suis quand même contente car Philippe a le droit de m'accompagner, avec les brancardiers.

On part au centre-ville, à l'autre hôpital. On est tous habillés en cosmonautes. Le plus dur c'est le masque canard qui m'empêche de respirer. Je grimpe le Mont Fuji sans masque à oxygène, pourtant j'ai le vertige et je suis épuisée.

Philippe me tient la main, il porte des gants en plastique et un masque. Mais je peux sentir ses caresses sur ma joue. Encore encore...

Le micro-ondes c'est la machine qui envoie des rayons ciblés. Enfin c'est ce que j'ai compris, pourtant la lumière rouge balaie tout mon corps. Installée sur un cercueil transparent, j'ai froid. La pièce est immense et noire. L'infirmier est enfermé dans un bureau et me dit de ne pas bouger. Je ferme les yeux, car c'est sûr, après je vais devenir aveugle. Entre le point rouge du faisceau lumineux et moi, une plaque de plomb, de la forme de mes poumons, semble ne tenir à rien.

Après cette séance, je ne me souviens pas de moi. Juste d'une descente aux enfers, de Dante, de Baudelaire, de Céline et de tous les films d'horreur. La douleur partage ma tête en deux parties égales de la base du nez au rocher. Par la fissure s'échappent des visages de vieillards qui ricanent.

C'est la pire des solitudes.

Frénétiquement j'active la pompe à morphine. En libre service, elle me sauve des monstres. Quand ça s'arrête une pluie de douceurs vient remplir le corps entier, comme un bonheur.

C'est difficile mais je cours vite à la recherche de la couleur et des lieux de bouts du monde, toujours plus haut. Comme la psychologue me l'a appris. Je bouge ma tête de gauche à droite... il faut que je retrouve... le balancier des jours pour m'endormir.

Toutes les solitudes ne se ressemblent pas.

Elles appartiennent aux paysages qu'on traverse. Il faut que je me souvienne... pour pouvoir l'écrire, quand je me réveillerai, quand ça ira mieux... Il faut.

Des détails, des couleurs, des riens, dans le désordre m'apparaissent comme des flashs.

La première fois, on a mis notre table en rotin sur le toit, quelques malles sur les sièges arrière de la Visa. On était un peu tristes quand on a quitté le Canal du Midi et le Jardin Japonais.

On reviendra peut-être, dans la ville rose.

On a pris la route du Nord, au-dessus de la Loire. Dans le froid et la grisaille, on nous avait dit.

Effectivement plus on montait plus il pleuvait plus on avait froid. Et plus on était triste.

La première fois, sur le Quai de La Fosse, à Nantes.

C'est une solitude pluvieuse, qui tombe sur nous.

On achète des cirés, et on apprend à flâner sous ce ciel voilé, à s'abriter sous le passage Pommeraye. Et le weekend on part à la Baule, manger une crêpe salée.

Je ne soupçonnais pas qu'on pouvait bien vivre sans trop de soleil.

Maintenant j'en suis sûre.

D'ailleurs j'ai mal aux yeux dans cette bulle, tout en vitres. L'aide-soignante vient d'ouvrir le rideau.

*– Il faut voir le jour, ça vous fera du bien.*

Je voudrais rester dans la pénombre.

*– Je vais vous masser les pieds, laissez-vous aller, pensez à une plage.*

*– Oui c'est ça marchez sur le sable, vous sentez ?*

Oui je sens que ses mains sont adroites, douces, même si elles sont recouvertes de gants. Elle s'applique. Et la crème sent bon.

Dans le couloir des soignants, j'entends l'infirmière.

*– Ça suffit là, elle n'a pas que vous...*

Cathia me rassure,

*– laissez la parler.*

*C'est plus important que le ménage...*

*Un jour, j'essaierai de demander... votre mari... on le fera rentrer...*

*– Merci Cathia.*

Enfermée dans le box de 10 m², je tente de rester encore un peu dans mes solitudes ouvertes et ventées des plages du

Nord. On ne se sent jamais seul, là-haut. Il y a toujours un vol de mouettes qui frôlent vos cheveux, un bateau qui glisse sur la ligne d'horizon, le souffle permanent des bourrasques, de celles qui décoiffent et remplissent les narines de brumes iodées.

Chaque jour et chaque heure elles prennent un visage différent. Le matin, le ciel est souvent dégagé, légèrement laiteux, et dès qu'on ouvre la fenêtre pour connaître la température et choisir les vêtements adéquats, on sent une douce fraîcheur marine. C'est une solitude de peintre. Une solitude voulue pour s'envelopper du manteau des couleurs. Vers 11 heures, les nuages naissent et s'épaississent, sans noirceur. On plisse les yeux, on met les lunettes de soleil, pour la clarté, comme pour le sable qui vole.

Après, on a envie d'aller au bar Hamiot, à Boulogne-sur-Mer, le long des quais, pour manger un moule frites. C'est la solitude cocon, la solitude pluie sur les vitres, dans le brouhaha. Il fait chaud, les banquettes de couleur rouge sont toutes occupées et les serveurs courent entre les tables. En face, il y a le port, les gros cargos accostent et les petits bateaux de pêche, eux, se refont une santé pour le lendemain matin. Vers 14 heures, les nuages se dispersent et le soleil éclaire les gouttes de pluie sur les vitres du bar. Les clients boivent leur café avant de sortir. Si rien ne vous oblige à aller travailler, vous allez marcher le long des quais, sur la jetée, jusqu'au phare. C'est une solitude de voyageur, un appel du large ! Quand on est sur la jetée, on marche sur l'eau. En bruit de fond, la ville, le cri des mouettes et des enfants. Devant soi, le clapotis de l'eau, un peu plus loin, le roulement de tambour d'une mer qui s'agite. C'est l'annonce d'une solitude d'automne, avec les marées d'équinoxe qui nettoient tout, une solitude bruyante. La corne de brume grimpe jusqu'à la vieille-ville et au-delà. Jusqu'à la Colonne de la Grande Armée : Napoléon s'accroche. Jusqu'à Conteville-lès-Boulogne, petit village qui pourtant se love derrière les forêts. Sur les routes, une surprise peut arriver à tout moment : un facteur en mobylette se couche dans le fossé, un panneau publicitaire passe devant le pare-brise, et les grands arbres plient vers la Liane. Après l'air se voile, le contour des choses et des gens s'estompent. C'est une solitude de coton grisé, de celles qui vous invitent à la paresse. Un thé bien chaud, quelques sablés, et un livre. J'aime cette solitude au cœur des tempêtes de la Côte d'Opale. Je suis dans l'appartement tout en vitres, dans ce port de pêche, non loin du Touquet. Je me promène en baie de Canche, des canetons suivent leur mère, en rangs serrés.

J'écoute les bruits qui sifflent et soufflent, mais ne souffrent pas. Tant que mes oreilles sont remplies de ces bruits-là, je n'entends pas mes peurs. Je suis à l'autre bout du monde, dans un lieu protégé des vieux fantômes.

La Côte d'Opale est incontrôlable, indisciplinée mais séduisante.

Dans la bulle, il faut beaucoup d'imagination pour ne pas avoir mal au cœur. Il y a des jours où la suggestion de la lumière et le voyage par la pensée, ça ne marche pas.

J'ai eu ma dose d'Endoxan pour laver ma moelle. Comme j'ai moins de 55 ans, ils ont choisi le conditionnement le plus fort, pour augmenter les chances de réussite.

J'attends la greffe.

Philippe est arrivé de bonne heure. Il attend derrière la vitre et me parle au téléphone.

*– Est-ce qu'au magasin ça va ? y a du monde ?*

*– Oui, tout va bien, on gère... Il va partir avec sa copine en Guadeloupe, chez Théo.*

Il va prendre l'avion ?

J'ai la gorge serrée, les larmes arrivent à flots, ça fait mal de pleurer, mécaniquement.

En aplasie, ce n'est pas qu'une histoire de défenses immunitaires. À plat. Les soucis sont déformés, amplifiés et ils gonflent dans le cerveau comme le ventre d'une baleine.

*– Je ne veux pas qu'il prenne l'avion, j'ai peur qu'il ne revienne pas...*

*– Ne t'inquiète pas, il a dit qu'il t'enverrait des photos, sur l'ordi, il va faire de la plongée, voir les requins-citrons...*

*– Pas la plongée, je ne veux pas... Les requins...*
*– Ils ne sont pas méchants ceux-là.*

Je raccroche le téléphone, envie de morphine, envie de me lever, de débrancher tous les fils... sortir de la prison.

La fille de salle vient nettoyer la chambre.

*– Quand j'ai fini je reviens vous masser, ne vous énervez pas tout va bien... votre greffon est prêt à arriver, il est au labo...*

La liste des effets secondaires défilent devant mes yeux, rien n'est plus sûr. Infections pulmonaires, rejet de la greffe, virus super dangereux, staphylocoque, attaques des reins, des yeux, dérèglement des taux de sucre... et, dans le pire des cas, la mort.

De l'autre côté de la vitre, Philippe me parle, je ne l'entends pas mais je devine.

*– C'est normal, les médecins nous préviennent des risques, ils sont obligés, tu ne les auras pas tous...*



De l'autre côté, j'entends le cliquetis des fils qu'on déplace sur le pied à perf. Philippe fronce les sourcils. Il n'aime pas qu'on m'envoie de la morphine et du tranxène dans les veines.

Dès les premières gouttes, je me mets en boule et je tends l'oreille pour entendre le mobile qui bouge dans le vent. Pour changer un peu, je pars en voyage chez Lise.

De son balcon on voit Le Plateau des Gras. Victor scrute la crête. Il croit qu'il va voir des Indiens chevaucher, sur la colline ardéchoise. Derrière s'étirent les cours d'eau aux noms qui chantent, La Beaume, le Chassezac, Le Roubreau...

On vit dans une maison au milieu des champs de vignes et de pins, dans un hameau perché.

Victor rentre à l'école maternelle et Lena n'est pas encore née, même si son petit visage rieur est déjà dans nos rêves.

C'est l'année du premier chat, un sac à puces, c'est l'année des heures à observer les colonies de fourmis, assis sur l'escalier, l'année des promenades interminables dans la pinède. Il suffit de sortir de la maison pour être dans les chemins sauvages où seule une brise légère trompe le grand silence.

Je mets un peu de temps à m'habituer, je ne peux plus aller me promener sur les plages blondes de la Côte d'Opale et regarder les mouettes, ces oiseaux qui vivent en bord de mer près des baraques à frites, comme le dit si bien le fils d'Amélie, ma « sœur boulonnaise ».

Je suis dans une solitude escargot.

Profonde.

Celle de l'automne, en Ardèche. Les rues sont désertes et parfois pluvieuses. Les maisons sont fermées car les touristes sont absents. Le week-end on descend de Tauriers, pour aller au marché de Largentière.

Le terme descendre n'est pas encore assez fort, on dévale, on roule, on tourne, on tangue, au bord du précipice. La route est très étroite, pentue, et sinueuse. Toutes les routes sont ainsi, comme ses cours d'eau, comme ses villes et ses villages. L'architecture de ces lieux m'évoque une colonie d'escargots. La carapace est dure : les roches affleurent à tout moment. Et pour le cœur, les rues sont ramassées sur elles-mêmes puisque le relief ne laisse que peu de place aux habitants. On construit le long des ruisseaux ou pour les plus courageux, accrochés aux pentes rocheuses.

Quand on se promène et que, par une auscultation minutieuse du paysage on aperçoit un hameau agrippé sur les rochers, on cherche la route ou le chemin. C'est là que ça se complique. Les parcours sont invisibles, bien cachés par les forêts et broussailles. Leur tracé est de l'ordre du labyrinthe. Il faut d'ailleurs faire des kilomètres pour arriver aux maisons, alors qu'à vol d'oiseau, c'est à portée de main.

Ce sont des solitudes qui se méritent et qui se veulent. Ce sont des solitudes vertes, à foison. Profondes et exigües comme ses vallées. C'est une région qui paraît faite pour des petits personnages: villes et maisons de poupées, et jardins odorants et sauvages où fées et lutins peuvent jouer entre les arbres et les rochers.

Mon lutin préféré ramasse du bois pour le feu, avec son père. Mais sa passion c'est d'aller ramasser les châtaignes du

Peyre. Pour y aller il faut prendre la route du Roubreau et monter vers Valgorge. Monter encore et encore jusqu'au Sans Issue.

Tout autour, des précipices.

Ces châtaigneraies sont des îles de terre perchées.

Après je ne me souviens que de l'odeur de la mousse et du craquement des feuilles sous nos pieds.

Quand je me réveille, de mon sommeil « emmorphiné » on me dit que c'est fini. Je comprends que je suis un peu Belge maintenant ! Pas besoin de demander les papiers au Ministère de l'immigration ! Parfois c'est si facile !

Je n'ai rien senti. Une perfusion de sang comme les autres... le pire est à venir.

J'aperçois Lena, dans le couloir. Elle me sourit alors je peux me rendormir.





Je ne me souviens de rien, tant que j'ai droit à la morphine, j'oscille entre deux mondes. Ça dure quelques jours.

– *Il faut arrêter, elle dort trop...* mon mari a parlé au médecin.

Après, c'est l'enfer.

D'abord on me place la sonde gastrique. À trois reprises je l'arrache pendant la nuit ou quand on me branche la poche du liquide qui sent le poisson, à trois reprises, ils insistent.

Je ne veux plus manger ni par le nez, ni par la bouche. Je veux juste qu'on me laisse dormir.

Toutes les deux ou trois heures, la nuit, j'entends l'infirmier crier, à travers le hublot où passent tous les fils...

– *Faut prendre la tension, allez, mettez le brassard, prenez votre température...*

– *Passez-moi vos urines...*

S'il savait comment c'est difficile de vider le bassin dans le récipient, comment je souffre pour essayer de ne pas faire tomber de gouttes sur le sol, il ne crierait pas ainsi.

Et au petit matin ça recommence, les piqûres dans le doigt pour mesurer le taux de sucre qui s'emballe, les piqûres dans les cuisses pour le diabète, se laver au savon qui ne sent pas le savon, vérifier dans le miroir si c'est toujours moi, changer le pyjama, demander la bonne taille, toujours trop grand ou trop serré, vider les urines... et revenir au lit en attendant de la visite. Je ferai du vélo plus tard, avant le passage de Madame B. Elle m'a bien dit,

– *Si vous ne faites pas du vélo tous les jours, si vous ne mangez pas, je ne pourrai pas vous laisser sortir.*

Ses menaces n'y font rien. Alors je triche. Je monte sur le vélo juste quand elle entrouvre la porte qui donne sur l'espace protégé. J'appuie sur les pédales, à fond je souffle pour qu'elle croie que j'en ai fait au moins 10 minutes. En réalité, c'est un supplice, même la montée du Tourmalet est de la rigolade, une promenade de santé.

De l'autre côté de la vitre les *il te faut manger* de ma famille me plongent dans des colères silencieuses, immobiles.

Je n'ai plus rien pour me défendre, je n'ai plus de voix, j'entends de moins en moins et mes muscles ont fondu.

Seul mon ventre gonflé me fait mal et quelques rougeurs sur la peau, les réactions normales de la greffe.

Ça fait une vingtaine de jours que je suis là, je ne sais pas si je tiendrai encore longtemps.

La nuit je sonne souvent pour qu'on me donne de l'Atarax ou du Tranxène, l'infirmier me tend des revues, désinfectées.

– *Lisez un peu, y a des mots croisés aussi.*

– *Je ne peux rien vous donner, vous en avez déjà trop pris, des calmants. Et puis il n'y a pas de médecin cette nuit. Je ne peux prendre aucune décision.*

– *Lisez plutôt, il faut vous occuper, penser à autre chose.*

Je le hais à cet instant-là, lui et ses bons conseils, lui et ses revues *« Femmes actuelles »*, *« Magazine de la Santé » « Le Pèlerin »*. Je hais ces revues idiotes, remplies de mensonges qui promettent la lune, la ligne en 15 jours, et une chevelure soyeuse grâce à la crème au silicone et à la graisse de baleines. Je n'ai pas besoin de tous ces conseils, j'ai perdu 10 kg, et je n'ai plus de cheveux.

Je n'arrive plus à rien, même écrire à l'ordi est un supplice. Je lis de temps en temps quelques poèmes japonais sur le Kindle.

Juan m'a enregistré une soixantaine de livres, choisi mes préférés, *La Douleur* de Duras, les romans de Brautigan, Djian, Bukowski, Murakami... Mes compagnons de voyage. Ça donne un peu d'épaisseur à ma vie, même si je tiens plus de la libellule de Basho, qui s'accroche à une herbe fragile.

Même les visites sont des épreuves. Derrière la vitre, surgissent deux jolis visages souriants, Cathy et Mimi sont là.

– *On t'a fabriqué un cadeau... regarde... c'est plastifié, tu pourras le garder avec toi...*

C'est un triptyque en noir et blanc. Surgissent des photos du passé... Enfants aux Trembles, devant la vieille maison, au bas des escaliers de la maison neuve, sur le tracteur... Nos sourires de poupées, insouciantes...

Elles ont recopié quelques phrases de mon récit : « 7 marches... à la maison des Trembles, 7 pas pour marcher dans le couloir... »

Je ne peux pas en regarder plus. J'ai la nausée.

– *C'était moi là ?*

– *Tu veux le garder dans ta chambre ? Luc a aussi écrit. Tu veux qu'on te le lise ?*

– *Non, je le regarderai plus tard, je ne peux pas là...*

C'est le trop-plein d'émotions, les regrets d'une vie qui soudain se jettent sur moi.

– *Merci les cousines.*

Je me retourne sur le lit, fais suivre mes fils. J'ai toujours peur qu'ils s'emmêlent. Maladroite je ressemble à un singe qui tourne dans sa cage.

Quand elles partent, je pense à ce qu'elles m'ont raconté en riant. Le weekend de Pentecôte, ces retrouvailles, dignes d'un mariage de nos oncles et tantes. Elles ont bu, se sont raconté des blagues, comparé leur taille : 1,57 au garrot, comme elles disent. On est maintenant de la même taille, à un ou deux centimètres près.

Quelques jours après, alors que mes jours et nuits sont un supplice, Victor rentre de Guadeloupe.

– *Tu vas rire ! J'ai rêvé que tu revenais avec une tortue. L'égérie du magasin, elle aurait pu être. Je te voyais la promener en laisse, sur les bords du canal.*

Il sourit.

– *Tu sors bientôt, je viendrai à la maison…*

Je me lève pour coller ma main à la sienne, sur la vitre. Après son départ, il ne reste que les traces de ma main, en négatif. Jai bien essayé de coller ma joue pour le suivre du regard, le plus longtemps possible, en vain.

Qu'est-ce que je vais faire jusqu'à demain ?

Regarder l'horizon et tenter d'apercevoir la ligne des Pyrénées. Je rêve de revenir, partout où j'ai vécu des jolies histoires, aller boire un chocolat chaud, à l'auberge du Louron, par exemple, après une journée de ski.

C'est une autre solitude douce et blanche de pas crissés dans le froid, de toits dentelés et du bleu couleur acier de ses yeux, un peu comme les tiens, mon fils.

Et des soleils flamboyants qui m'obligent à plisser les yeux, moi petite Ruthénoise, seulement habituée aux pistes de luge de l'Aubrac.

Je le suis, ce garçon, même si la pente verglacée me fait peur. Mes skis, trop longs, s'entravent dans les siens. Après, tu connais l'histoire, on a vécu quelques années au bord du canal. Après on a pris la route vers le Nord, toujours plus haut, toujours plus froid… jusqu'à ce que tu naisses, mon ange au regard de chat siamois…

Je ne sais pas pourquoi je vous écris tout ça ?

1. pour vous
2. pour ne pas sombrer
3. pour les rencontres de toute une vie, qui m'ont, depuis toujours, donné envie de ne pas oublier
4. pour noyer les blessures
5. pour ne pas qu'on m'oublie
6. pour le mythe romantique et désuet de l'écrivain que j'aurais voulu être – dans la pire des tombes, l'être humain est plein d'orgueil –
7. pour le fil tissé autour de la Terre et combattre les riches fabricants de poisons

Si j'allais au bout, après j'irai partout : sur la Route 66, rouler sur les pas d'Edward Hopper, glisser dans les romans de Dubois, aller sur la tombe de Brautigan, prendre un bateau à aube, et descendre le Mississippi, revenir à Rio de Janeiro, et avec Cathy, monter en haut du Corcovado et toucher les pieds du Christ, voir la baie et pleurer de joie, boire de la bière en marchant sur la plage, manger au Bicho Papão du manioc et des crevettes grillées, écouter ma nouvelle cousine du Brésil dire *Liroy Merliiin*, retourner en Côte d'Opale, m'asseoir sur la falaise du Cap Gris-Nez et retrouver mes couleurs du dedans, écouter Bruce, aller me cacher dans les dunes du Touquet et après m'arrêter Rue Saint Jean : acheter du chocolat à la coupe.

Marcher dans la brume du soir, suivre les ombres aussi loin que possible et les voir disparaître dans cette eau unique aux reflets gris bleus.

Et puis. Revenir aux Trembles. Dormir dans le lit bateau, face au rideau aux ramages bleus de l'armoire. Et finir de reconstruire mon château percé.

Rentrer chez moi, m'asseoir sur le canapé du salon, et m'endormir en tenant mes enfants tout contre moi, tout contre moi.

Ils sont là, Victor pèse contre mon épaule gauche, je caresse ses cheveux, alors qu'il déteste ça. D'habitude ! Lena est blottie sur ma hanche, recroquevillée comme un petit crapaud. *« Gratte-moi le dos maman, doucement »*

Sur l'autre canapé, sous la fenêtre, Philippe s'étire : la télévision est allumée, il y a le PSG qui joue contre le Benfica Lisbonne. Je n'entends plus rien, si ce n'est mon homme qui ronfle.

Je les regarde, je les respire, je les frôle du bout des doigts.

Dehors c'est... décembre 2013, la neige. Voltige légère dans la nuit blanche. J'ai ouvert les volets. De petites lumières scintillent dans le ciel, sans doute un avion, ou le dernier satellite envoyé par Liliane, une des mes voisines de chambre, au 7e.

Je suis enfin sortie de la prison, où j'ai pensé, parfois au suicide où j'ai appelé au secours pour qu'on me libère. Les premiers pas dans la vie réelle sont hésitants, fragiles mais le monde est à sa place et moi aussi. Sur ma tête quelques petits cheveux, comme un duvet d'hirondelle.

# Le Baobab

Je ne suis plus au 7e étage mais au 3e du nouvel Oncopole. Sur les ruines d'AZF s'étirent des bâtiments flambant neufs, aux baies vitrées immenses. C'est plus moderne, plus convivial que l'ancien hôpital. C'est... juillet 2014.

Je retrouve mes infirmières et mes aides-soignantes et soignants, comme des amis de la famille.

La trêve est terminée.

En bas, toujours le ballet incessant des ambulances et des bus, au loin les cheminées d'usines, les pins parasols et quelques sapins décharnés aux pointes fléchissantes.

J'ai eu le temps d'aller à un mariage, de revoir l'Ardèche et ses vallées escargots. On a fait une halte à Laurac-en-Vivarais, dans la maison de Lise. Il y avait un vent léger qui faisait tinter son mobile, devant la porte. Dans le salon, décoré de ses toiles, ça sentait bon l'encens. Toinette est venue nous voir, elle a massé mes épaules et mon dos. J'avais très mal : des courbatures de la route, sans doute. On a parlé du Lycée de Largentière, des repas à la maison de Tauriers, du premier chat de mon fils, Sacapuces, des ballons crevés dans les ronces... et de Lena, deux mois à peine, que je promène dans le verger aux cerisiers. J'avais encore de l'énergie pour tout ça.

Après la fièvre est arrivée et j'ai compris.

C'est la fin du mois de juillet, sur le périphérique toulousain j'ai la nausée. Philippe me conduit à l'hôpital. À l'arrière, Lena regarde le massacre des crabes qui arrivent en masse. Penchée à la vitre, je cherche à cracher le chaos qui revient.

Je n'aurais pas dû déjeuner. Au service des leucémies, on m'accueille comme une princesse, j'ai tout de suite une chambre, rien que pour moi !

Allongée sur mon lit, je regarde le plafond. Il est blanc, brillant et la lumière violente entre par les larges fenêtres.

Je vois des mouches partout, osciller devant mon œil gauche. Je vais devenir aveugle... Le médecin vient me voir.

– *Les mouches ? Ah ! C'est pas grave, moi aussi j'en ai. On s'habitue !*

Elle a raison Madame H. Ce n'est pas grave. La suite qui m'attend est plus difficile.

J'ai pourtant la chance d'être tirée au sort pour faire partie d'un traitement expérimental. Merci Madame H.





C'est le protocole Bli... ma... tuboba, Blinatumomab, trop compliqué. Pour l'histoire on l'appellera Baobab, c'est plus facile à retenir. Et puis c'est vrai que, les premiers temps c'est monstrueux. Métamorphose du poison qui emplit ma tête, mon corps, comme un énorme fantôme qui aurait pris toute la place. Mes yeux, incontrôlables, partent se coller au plafond, mes jambes se soulèvent en tremblements hystériques sans que je les commande, et quand je veux marcher elles se dérobent et s'enfoncent dans le sol.

Les nuits sont terribles, je passe à travers des villages qui prennent feu à la recherche de mes enfants, un tapis blanc me poursuit. J'ai très peur. Pourtant c'est quelqu'un que je connais bien. Mes jambes tournent à l'envers, comme dans un Tex Avery dès que j'essaie de fermer les yeux.

Une autre nuit, je suis en prison, ma fille dort à mes côtés. Comment allons-nous sortir de là ?

Je sonne, désespérée. L'aide-soignante me soutient pour aller aux toilettes. L'urine chaude me remet dans la réalité.

De retour dans mon lit, les hallucinations recommencent, sans fin. Je me redresse et je me recouche dix fois cent fois, triturant le drap, essayant de m'accrocher à la réalité du tissu.

J'attends le passage des infirmières et l'aube qui tarde à arriver.

Les cauchemars de mon enfance ne sont rien comparés à ceux là. Pourtant ils reviennent me submerger, par vagues.

Au début du Baobab, je dors très mal, à cause des vieux démons, des colères aussi.

Tous les jours on m'oblige à écrire des trucs inutiles sur le cahier du protocole Tower.

- la date
- le nom
- le prénom
- l'adresse

Et plus je prends du Baobab, plus j'ai du mal.

À écrire.

« Je suis née le 6 novembre 1960, j'ai 8 ans.

On est tous attablés, une dizaine de grands et de petits. Pépé en bout de table près de la porte, Mémé, à l'opposé, non loin de la cuisinière. Ils encadrent la marmaille et leurs enfants devenus adultes et grincheux à leurs heures.

On touille la soupe à la ventrèche pommes de terre et carottes. Il fait bon.

Pendant ce temps le civet continue à mijoter sur la cuisinière. Les visages sont détendus et souriants.

Au moment du civet, les esprits s'échauffent en parlant de politique.

Je ne mangerai pas du lapin. Je l'ai entendu crier ce matin, près du hangar et j'ai même vu mémé lui retirer sa belle fourrure argentée, une combinaison qu'on enlève d'un coup de couteau.

Je mangerai un œuf au plat.

Les voix montent dans les aigus. Les ouvriers ou petits fonctionnaires, plutôt de gauche, contre les cadres et les commerçants, plutôt à droite. En gros, ceux qui sont restés au pays contre ceux qui sont montés à la Capitale »

Moi je suis plus forte que vous. Je suis allée au-dessus... de la capitale. En Côte d'Opale, là où les « sudistes » ne veulent pas aller. Ils ont tort. Les « gens du Nord » sont des amis fidèles, et là-haut il n'y a pas 10 degrés de moins, comme le dit Madame Météo. Le taux de suicides n'est pas plus élevé que sur la côte méditerranéenne, faut pas croire tout ce qu'on dit à la Télé !

Pendant le mois d'août mon copain « du Nord » justement, a parcouru tous ces kilomètres pour venir me voir. À l'hôpital. C'est une surprise. Je n'arrive pas à lui parler. Du Baobab plein la bouche me colle au palais. J'ai l'impression de tomber de la falaise, noircie par des menaces, je rejoins les mouettes et mon sang, rouge sur la mer.

Je le regarde partir, sans rien dire. Je crois qu'il est très triste.

Plus tard je lui expliquerai...

Ce rêve que je dois suivre le plus vite possible, par peur d'oublier, ce rêve de grands espaces de vent et de bleu, ce rêve d'écriture au son d'un harmonica qui pleure. Ça aussi, c'est comme une maladie. Les champs que je contemple ne sont pas verts, ils sont bleus. En pointillé, des herbes rouges, des cellules en vacances qui tournent sur le lieu de bataille guidées par le chef d'orchestre, le gros Baobab.





Peu à peu, au fil des jours, les hallucinations s'estompent. Le tranxène viendra à bout du brouillage des ondes.

J'ai pris ma vitesse de croisière : 2,5 millilitres par heure, jour et nuit, de Blinatumomab.

J'arrive de nouveau à écrire, d'une main assurée, je suis née le 6 novembre 1960... j'ai donc 54 ans... J'habite toujours...

Et le 2 décembre 2014... C'est un jour triste.

Je ne peux pas écrire ça, dans le cahier du protocole Tower.

Le ciel est couvert et le vent froid est humide. Il ne neige pas encore mais ça ne saurait tarder. Mon cousin des monts du Lévézou s'est tué. Je le vois encore, sa tignasse rousse, derrière le troupeau de brebis blanches, dans le chemin qui descend du plateau de Vernières. Il s'est tiré une balle avec son fusil de chasse. Il s'est tué dans la grande salle à manger, chez sa mère.

Est-ce que je vais le dire à mon frère ?

Pour ne pas pleurer, je pense à mon pays du bout du monde, comme me l'a appris la psychologue, avant la greffe.

Dans mon cocon de lumières et de brumes où je peux me noyer, sans mourir.

Là j'oublie tout, mes douleurs, mes tiroirs, mes fenêtres en ruine. Je crée une histoire toute neuve, propre, lavée aux embruns de la Manche dans un décor suranné, aux couleurs pastel.

Plusieurs fois, j'essaie de peindre ces bleus délavés de la côte, de dessiner les cabanes du bord de mer, de saisir l'envol des mouettes qui peuplent par milliers les falaises de craie, les goélands argentés suivant sans relâche les flobards qui, le soir rentrent au port d'Audresselles.

Je sais que mon sang est rouge mais je le vois couleur bleu comme celle du Cap Gris-Nez, quand le temps hésite entre la pluie et le soleil.



En février 2015, je commence à sortir de l'ornière. J'ai posé le sac au fond d'un placard. Mais je garde un œil sur le calendrier qui rythme ma vie : 28 jours avec le Baobab, 14 jours sans.

Je refais des projets. Dans le désordre. Écrire dessiner aller dans les musées faire les boutiques m'offrir une randonnée en chiens de traineaux dans la neige sous les sapins.

J'ouvre la baie vitrée, un rouge-gorge vient picorer les miettes de pain. Il n'y a plus de chats.

Il fait encore un peu froid. Le feu crépite et je me repose dans le salon. Ma fille révise. Je lis *l'incolore Tsukuru Tazaki et ses années de pèlerinage*. Le héros est un peu perdu, il erre dans Tokyo. Tout lui est insipide car il n'a plus ses repères, son groupe d'amis ne l'appellent plus. Pour moi c'est pareil, ma vie sociale s'amincit. Avant la maladie je me levais tôt pour aller au lycée, mes journées étaient rythmées par la sonnerie des récrés, par le petit café et la cigarette à 10 heures, par les cours, les échanges et quelques colères avec les élèves. Et le partage de tranches de vie avec les amis, le temps d'un repas au self. C'était facile, je ne me posais pas de questions existentielles, juste pédagogiques. J'étais bien, là, dans ce présent scolaire. Ce rituel, que je croyais immuable : élève très moyenne et très timide, n'aimant que la littérature, j'avais réussi à m'extirper d'un milieu ouvrier grâce à ma passion pour les livres et l'écriture. Fonctionnaire de l'Éducation Nationale, c'était un métier de fainéant aux yeux de certains, mais bon ça allait bien, pour une fille. En cela je n'avais pas gagné mon combat contre les préjugés et contre cette rage que je maintenais difficilement au creux de mon ventre, les dimanches, autour du repas familial qui réunissait inlassablement les 7 frères et sœurs, leurs épouses et époux.



« Je suis née en 1960...

On est tous attablés, une dizaine de grands et de petits. Pépé en bout de table près de la porte, le béret sur les yeux, Mémé, à l'opposé, non loin de la cuisinière : *« Qu'est-ce que j'ai fait au bon Dieu pour avoir des enfants aussi haïssables? »* Ils encadrent la marmaille et leurs enfants devenus adultes et grincheux à leurs heures.

On touille la soupe à la ventrèche pommes de terre et carottes. Il fait bon.

Pendant ce temps le civet continue à mijoter sur la cuisinière. Les visages sont détendus et souriants.

Au moment du civet, les esprits s'échauffent en parlant de politique.

Je ne mangerai pas du lapin. Je l'ai entendu crier ce matin, près du hangar et j'ai même vu Mémé lui retirer sa belle fourrure argentée, d'un coup de couteau.

Je mangerai un œuf au plat.

Les voix montent dans les aigus. Les ouvriers ou petits fonctionnaires, plutôt de gauche, contre les cadres et les commerçants, plutôt à droite. En gros, ceux qui sont restés au pays contre ceux qui sont montés à la Capitale. Les disputes prennent des accents de drame, les grands frères de la tribu crient, insultent tout en imposant la loi du « *Tais-toi* ».

Ma mère pleure.

Leurs bouches sont pleines de gros mots, de bruits, de fureurs. J'ai tellement mal à elle que je vais me réfugier, dehors, sous l'escalier. »

La pièce de théâtre se joue et se rejoue à guichet fermé, reflet d'une humanité absurde, faite de rancœurs, de jalousies et de douleurs ancestrales.

J'avais environ 10 ans, l'espoir d'une merveilleuse journée avec mes cousins, et une tristesse de vieille dame au fond des yeux. Je volais des chaussures à talons de mes tantes, et souvent je partais en voyage, très loin, dans la vieille Aronde, aux sièges troués.

Les phrases de Tsukuru, ce somnambule de la vie, me plongent à l'intérieur de moi-même. Je regarde mes mains, fais tourner les bagues sur mes doigts. Il n'y a aucun doute je suis bien là.

Plus tard je passe l'aspirateur, range les placards et vaporise du parfum dans les chambres. J'ai fait une tarte au chocolat.

On a fêté les 25 ans de mon fils, il est venu avec sa copine Morgane et on a feuilleté les albums. J'ai mis de l'ordre dans les clichés des moues tantôt boudeuses, tantôt rieuses, dans les dates qui s'effilochent du Nord au Sud, suivant les mutations qui traînent des regrets dans le coffre de la voiture. Victor, marchant sur le sable à Boulogne-sur-Mer, Victor dans les bois de Tauriers, fusil en plastique à la main, Victor riant aux éclats devant ce bébé aux joues rondes, rouge écarlate qui crie, tout contre lui.

Je mets de l'ordre, pour eux.

Quand je repars à l'hôpital, j'emporte un petit carnet de photos, un bloc-notes, un crayon à papier au cas où... Mais je passe le temps à regarder la télévision, sans voir vraiment. J'apprends que Florence Arthaud meurt dans un accident d'hélicoptère.

Je laisse la porte ouverte pour voir le va-et-vient dans le couloir.

Quand j'étouffe, j'essaie de peindre les monts bleutés du Cap Blanc-Nez. « Ça ressemble plus à un volcan, » m'écrit ma petite sœur boulonnaise.

Le 21 mars j'ai raté l'éclipse de soleil. Il faudra attendre 2026.

Le ciel est gris, nuageux. Je regarde *BFM TV* comme si je suivais un banal fait divers qui tourne en boucle.

De 9h30 à 11h j'ai suivi l'avancée de l'ombre sur le disque, me maudissant de ne pas être en Islande pour sentir le froid, voir la nuit couvrir la Terre en 2 secondes, aussi vite qu'un drap qu'on retire du lit, revoir le soleil.

Les phénomènes astronomiques deviennent des événements essentiels quand on n'est plus sûr de rien.

À la maison, je pense moins.

Je me laisse porter par les rayons fleuris et bleutés du printemps. J'arrache les mauvaises herbes, je coupe les lilas même si je n'ai pas le droit de jardiner. Leur couleur est la fierté de mon jardin. La pluie m'oblige à rentrer.

Je rassemble mes crayons pastel devant moi et je tente de peindre la maison des fées, pour ma fille. Je m'applique surtout sur la ceinture en pierres qui entoure la belle demeure. J'aimerais dessiner des murs autour d'elle.

Je vis dans une prairie mauve, où les tortueux donnent le rythme à ce jardin en désordre. Ils font une ombre légère, tremblante.

Les arbres et les fleurs sont, pour l'instant mon ailleurs, mon voyage.

Parfois, quand j'ai le courage, je descends en ville.

Seule.

Dans la voiture, j'écoute *Follow that dream*, vitres ouvertes, le vent la musique à fond.

Une tourterelle frôle le toit, et dans son vol elle se perd dans les champs de blés.

7 kilomètres de bonheur entre ma prairie mauve et la ville. Rien d'exceptionnel à faire, si ce n'est quelques achats habituels.

Je roule et je me sens libre.

Parfois j'oublie un peu ma leucémie en posant le sac du Baobab. Mais je traîne cette maladie comme une culpabilité. C'est humiliant d'être malade.

Je descends les escaliers

– *Excusez-moi je ne marche pas vite...*

Je suis invitée à manger

– *Pardon, mais je ne peux pas manger ce que vous cuisinez*

– *Ah bon ! Pourtant on est propre, non ?*

Je rencontre quelqu'un, il s'approche pour me faire la bise... je m'éloigne.

À la boulangerie, merci prend un air de dévotion et le bonne journée me bouleverse.

– *Excusez-moi.*

Excuse-moi, maman.

La tristesse c'est contagieux, c'est une maladie qu'on traîne sur des générations dans les tiroirs des vieilles maisons.

Alors quand les larmes arrivent, je souris au ciel bleu, aux rosiers qui fleurissent parce que je m'en suis bien occupé, à l'air frais du printemps qui flotte gentiment. Et si cela ne suffit pas, je vais me promener, pas trop loin. Le long des prés, là où les vaches broutent tranquillement. Le petit veau me regarde avec douceur. Ça sent bon le lait et le fumier, comme dans mes souvenirs d'enfance.

Je m'en éloigne sans bruit de ce passé, même si je continue à manger de la confiture de groseilles. Des Trembles.

Je m'essaie à des contrées que je ne connais pas encore, si familières pourtant, dans les plaines de Russie ou dans le désert de la mort, sur la route 66, dans les maisons d'Hopper, et puis un peu perdue, je reprends la route qui me ramène chez moi. Dans ma prairie.

Ça fait une sacrée route, sur les traces inversées d'enfants jouant sous les arbres.

Je suis née en 1960…

Je viens d'avoir 55 ans. Paris est assaillie par quelques fous de Dieu. Quartier de la République, les promeneurs tombent comme des mouches.

Ça y est mes saules dansent le charleston, c'est l'automne avec son vent du petit matin.

Je regarde par la fenêtre. Les feuilles tombent en douceur. Suspendue à elles, j'attends leur chute. Je ne suis pas pressée.

J'aime ce mois de novembre, ses soleils lavés frôlant la Terre.

Cette année je pourrai fêter Noël avec mes enfants. Lena sera rentrée d'Athènes pour les vacances.

J'ai laissé la télévision allumée qui diffuse en continu, des images irréelles.

Au dehors tout se couvre d'une brume légère et de l'autre côté de la route je peux encore voir le tracteur qui déploie de grandes ailes. Une pluie toxique se répand sur les jeunes pousses de blé.

Avant, dans le champ poussaient encore, ça et là, quelques coquelicots.

Tatie Do m'appelle.

Elle a la voix des jours de deuil.

– *Tu sais, l'escalier… Cécé l'a détruit. Elle veut faire construire une grande terrasse à la place, pour pouvoir profiter du dehors et puis c'est mieux pour le petit…*

Silence

– *Elle a bien fait.*

Comme ça je n'aurai plus de marches à remonter.

Je ne pleure même pas, pourtant je l'aimais.

Dépôt légal octobre 2017.

Achevé d'imprimer en octobre 2017
sur les presses de l'imprimerie SEPEC Numérique (Ain).